海神の戦士

今野　敏

朝日文庫

本書は一九八三年三月、徳間書店より『海神の戦士』（トクマノベルズ）として刊行され、二〇一一年一月、小社より文庫化された『獅子神（バール）の密命』の新装版です。

復刊にあたり、初刊発行時のタイトルに戻しました。

海神の戦士

プレリュード

少年はまだ十歳にも手が届かないのに、自分は他人とは違うという自覚を持ち始めていた。

熱心なユダヤ教徒であることも理由のひとつだが、また人並外れて強い野心が、特別な自負を彼に与えていたのだった。

誰にも知られない自分だけの場所。幼い頃はどんな男の子でも隠れ家があるものだが、とりわけ彼のようなタイプの少年にはそれが必要だった。

自分を他の子供と一緒に扱おうとする大人たち——両親や親類、近所の人々や学校の先生から離れ、一人きりになる場所が彼の生活には不可欠だった。

彼はその日も、自転車のペダルを二時間も踏み続け、家の裏の小高い丘を越え、針葉樹の林を通り抜けて、大きな木が一本立っている原っぱにやって来た。

周囲は林に囲まれ、その木々の間から、小さな沼のきらめきが見えた。

空は雲に覆われて暗く、雨が降り出しそうだった。彼は夕食までの時間をそこで独りで過ごそうと自転車を原っぱに横たえて、その脇に腰を降ろした。ごろりと草原に転がると短かい草が頰のあたりで揺れ、みずみずしいにおいがした。灰色の雲がゆっくりと流れて行く。

その雲を通して太陽が丸い輪郭を見せているのを、少年は細目をあけて眺めていた。

少年はゆっくりと深呼吸をした。大人たちは、子供というものは何も考えずただ無邪気に外で走り回っているものだと、自分の子供の頃のことを忘れて信じ込んでいる。少年は、そんな大人たちにも我慢できなかった。

勤勉だが人をおしのけるようなことのない父親。ユダヤの血に従順でしつけに厳しい母親。そんな両親を愛しながらも、少年はあんな生活はまっぴらだと思っていた。

彼はまたいつもの夢想を始めた。自分はきっと何人もの人間を追い越し、人の上に立って億万長者になるんだ——彼の頭のなかには磨き上げられたリンカーン・コンチネンタルや大統領とのきらびやかなパーティの風景が次々と繰り広げられていった。

そのうっとりとした目が急に見開かれた。

少年はばね仕掛けの人形のようにはね起きた。雲をすかして見えていた太陽が、二つあることに気付いたのだ。

少年は硬直した。

太陽のひとつはゆっくりと移動していた。

恐怖と好奇心が少年のなかで激しく戦い、好奇心がわずかに優勢に立った。

雲が割れ、そこから顔を出したのは、まぶしく輝くコーヒーカップの受け皿をふせたような形の飛行物体だった。

そのとき少年の頭を横切ったのは、旧約聖書の『エゼキエル書』の一節だった。

——わたしは見た。火のなかに青銅のように輝くものがあった……。

少年の選民意識がむくむくと頭をもたげ、恐怖を追い払った。

輝く皿はゆっくりと草原に舞い降りた。それは直径六メートルぐらいの小さなものだった。

風も起こらなかった。

少年は自分の望みをかなえるために〝神〟がやって来たのだと固く信じた。

保安官はうんざりとした顔で、この十分間に鳴った四つ目の電話に出た。

「おい。ハーディー。判(わか)ったよ。もう三つも同じような電話が入ってるんだ。森の上で光る物を見たっていうんだろう。州警にはちゃんと知らせた。調査の必要があれば州警だろうが、軍隊だろうが飛んで来るさ。あいつは何かだって？　知るものか。それより、こっちは子供が一人行方不明になってるんだ。昨日からだ。何かあったらまた知らせてくれ」

保安官は電話を切ると、少年の捜索隊を組織するために、大声で指揮を取り始めた。動作にいまひとつ活気のない捜索隊のメンバーに向かって保安官は一喝した。

「しゃきっとしてくれ。異教徒だろうと、このアメリカ合衆国の法の下では同じ市民なんだ。それに相手は九歳の子供なんだぞ」

捜索は広い範囲で続けられたが、丸一週間というもの何の手がかりもなかった。

少年が発見されたのは九日目の朝だった。少年は姿を消した草原に横たわっていた。自転車が消えていることを除くと、少年には何の変化もないように見えた。

少年を発見したとき、草原に直径六メートルほどのかすかな焼け焦げがあるのを気にとめた者はいなかった。一刻も早く絶望の淵にいる両親に少年を送り届けよう——誰もがそのことだけを考えていたのだ。

少年は行方知れずだった九日間の記憶をすべて失くしていた。光る円盤のことさえ彼は忘れていた。

彼はまたもとの野心が強く、人々になじまない少年の生活に戻った。

ＵＦＯが「フライング・ソーサー」という名で初めて世界を騒がせるのは、それから七年も後のことだ。一九四七年アメリカの実業家ケネス・アーノルドが自家用機でワシントン州レーニア山の上空を飛行中、九個の〝空飛ぶ円盤〟を発見したのだった。

1

「たかが音楽、たかがジャズだ」

ヘッドライトとテールランプが淀(よど)んだ河の流れのようにのろのろと移動する六本木の交差点を、麻布(あざぶ)方向に向かって歩きながら、橘章次郎(たちばなしょうじろう)は心のなかで呟(つぶや)いていた。

夏が終わり、日も短くなった。六時を過ぎると、この街は華(はな)やいだ夜に包まれてしまう。

原色のネオンサインが幻覚のような乱雑さと夢の中のような不思議な調和を見せながら、はるか闇(やみ)に浮かぶ東京タワーの電飾目ざして続いている。

花柄のブラウスに紺かピンクのフレアーのパンツというお定まりのサーファーギャルの姿も減り、街は本来の表情を取り戻していた。

六本木から狸穴(まみあな)に抜ける途中にある『バーズ』という名のしゃれたライブ・スポットへ向かい、彼はブーツの底にあたる固いアスファルトの舗道の感触を確かめるように歩いていた。

肩のあたりまである髪は丁寧に段カットされ、長さを感じさせなかった。パーマネントのかかっていないストレートな髪が風に揺れて、ときおり冷やかな光を宿す目にかかるが、彼はそれをはらおうともしなかった。

店の入口にある出演者告知用の看板をちらりと横目で眺めて、彼は階段を降りようとした。

三人の女学生風の女の子が駆け寄って来た。サインや二言三言の言葉の交換を期待しているのだ。

橘はサインだけして、店内へと降りて行った。

ヨーロッパ調の木枠（きわく）の装飾がほどこされた軽いガラス戸を開けて足を踏み入れたとたん、店内から飛び出して来る言葉のやり取りに、心を占める鉛の重しがまたずしりと増えた。

「ミニモーグの音が来ないよ。シールドをチェックしてみて」

「おうい。キャノンがいかれてるみたいだ」

「このクソ忙しいときに……。リハを始めないと、客入れの時間に間に合わないぞ」

「シールドを取り替えろ。大至急だ。ギターのイフェクター類はオーケイなのか」

「いつでもどうぞ」

「ちょっとォ。ドラムのモニターの位置、もう少しなんとかならない？」

「おい。モニターを見てやれ」

「フェンダー・ローズにイコライザーとコーラスをつなぐの忘れるな。キーボード・セクションのサブ・ミキサー、チェックはいいか」

「オーケイ。あ、OB－Xには触れるな。メモリーを消しちまうとコトだからな」

橘の所属する音楽事務所『ブラックホール』のミキシング・エンジニアである竹松が、橘のステージ・クルー三人に指示を与えている。橘は竹松の肩を軽く叩いた。

竹松はコンソールに並ぶVUメーターの微妙な針の動きと、その下にあるフェイダーから目を上げて、橘を見た。その目をすぐにコンソールに戻しながら彼は言った。

「よう。遅かったな」

「六本木に自家用飛行機の滑走路でも作ってくれたらもっと早く来るよ」

「前にスケジュールが入っていたのか」

コンソール上の計器とステージ・クルーたちの動きを目で追いながら名ミキサーは尋ねた。

「フリーダム・スタジオの一スタと二スタのかけもちだ。二スタのほうが三十分おしたんだ」

「相変わらず滅茶苦茶なスケジュールだ。そのスケジュールを組んだ張本人が、お待ちかねだよ」

橘は頷いて、四台の愛器——ミニモーグ、オーバーハイムOB－X、フェンダー・ローズ、クラビネットというキーボードがセットされているピアノ・セクションの横をすり抜けて楽屋へと向かった。

ステージ・クルーが「お早うございます」というお決まりの挨拶をした。橘は「もう夜だぜ」と誰に聞かすでもなく呟き、マネージャーが待ち受ける楽屋の真新しくペンキが塗られたドアを開けた。

店のマスターと立ち話をしていたマネージャーの穂坂は、橘の姿を見て安堵の微笑を見せると、プロ野球のオールスター戦の話題を切り上げた。店のマスターが橘に、生まれた時からの付き合いのような親しげな顔で頷きかけてきた。橘は、あくまで無表情にそれを受けた。

「どうやら間にあったな」

マネージャーの穂坂は椅子に掛けながら言った。マスターは楽屋を出て行った。

橘は両切りのゴロワーズをくわえ、ジッポーのオイルライターで火を点けると、吐き出した煙に冷たく光る目を細めた。

「どうやらな」

「メンバーはもう揃っている。スタジオから直行して来た器材もセッティングが終わっているはずだ。すぐリハを始めてくれ、客入れの時間は三十分だけ遅らせてある」

「リハはPAのチェックだけでいいよ。OB－Xもセットはそのままでいい」

「判った。すぐ始めてくれ」

穂坂は、サングラスを右手の人差し指で押し上げた。レイバンのサングラスに遮られ、その目を見ることはできない。橘はゴロワーズをもみ消して楽屋のドアに向かった。

「疲れているのは判る」

その背に、穂坂は声をかけた。

「だが、今が稼(かせ)ぎ時なんだ」

「判ってる」

「仕事に不満があるなら言ってくれてかまわない。だが俺はおまえのことを最大限に思って仕事を組んでるんだ。稼げるうちはうんと稼いどくもんだ」

橘は相手の年齢に似合わぬ物言いに背中を向けたまま肩をすくめた。

「そんなことじゃないんだ」

橘は言った。

「まあいい。おまえは今や人気ナンバーワンのキーボード・プレイヤーなんだ」

橘は背を向けたまま部屋を出た。

――そんなことじゃないんだ――橘はもう一度心のなかで繰り返した。

――たかが音楽、たかがジャズだ――

そう自分に言いきかせることで、辛うじて心のバランスを保っている。そんな状態がここしばらく続いていた。

評論誌やラジオで自分が持ち上げられることが彼に負担を与えていた。今や彼は音楽雑誌の編集者やライター、ラジオ局のディレクター連中がまるで旧知の仲のような態度で接したがる類のミュージシャンとして祭り上げられていた。

四台の愛すべきキーボードたちに囲まれてピアノの椅子に腰掛けたその瞬間だけ、彼は安堵感を味わうことができた。

PAのコンソールに着いているミキサーの竹松に頷き、橘は言った。

「一曲演るからな。それで充分だろう」

竹松は、無言で頷いた。

残りのメンバーが、店内のいずこからともなくぞろぞろと姿を現した。

ベーシストが、レキシコンのデジタル・ディレイの具合を見、ギタリストが、イフェクター類のフットスイッチを次から次へカチカチと音を立てながら踏んでゆく。

ドラマーは四つのメロ・タムを軽く連打し、ソプラノ・サックスを脇にかかえ、テナー・サックスを右手に持ったサックス奏者がスタンド・マイクの前に立った。

PAミキシング・エンジニアの竹松は、百年もこの仕事を続けてきたのだとでもいうような頼もしくもリラックスした姿勢から、わずかばかりの緊張の色を見せる視線をキーボーディストの橘に飛ばしてきた。

2

どんな心理状態であっても、演奏を始めて汗を流し始めれば興奮を覚えるものだ。とはいえ、これがスイングと呼べるものでは決してないことは橘自身が承知していた。客は、ステレオ・アウトのポリフォニック・シンセサイザー、OB－Xの広がりのあるオーケストレーションや、ピアノとミニモーグによるスリリングなソロ展開に充分満足していた。

〝幻想的で知的〟な音宇宙――それが評論家たちの橘章次郎に対する決まり文句だった。

客が帰ったバーズの店内では、ステージ・クルーが器材の片付けを始めている。

派手な化粧をした二十三、四の女が三人、楽屋へ現れて、ベーシストやギタリストと談笑している。女たちには黒っぽい娼婦（しょうふ）のイメージがあった。六本木あたりのライブハウスではお決まりの光景だった。これからプレイヤー連中と夜の六本木へ繰り出す相談をしているのだ。

ベーシストもギタリストも妻帯者だが、橘には関係ない。彼はふざけ合う男女を無視してビールを飲み続けた。

「浮かないツラだ」

マネージャーの穂坂が背後から肩に手を置いた。

「くたびれてるだけだ」

橘はビールをあおり、穂坂のほうを振り向いた。その目に生気はなかった。

「そうくたびれてもいられなくなったよ」

穂坂がサングラス越しに笑いかけて来る。

——こいつは確か三十二歳になったばかりだったな——橘は考えた。——老けた笑い方をしやがる。苦労のしすぎだ——

「いい話が飛び込んで来た」

穂坂が言った。

「取材やインタビューならもう沢山だ。年齢は二十八歳。国立音大作曲科卒。ピアノ歴二十年。作ったアルバムは四枚。音楽姿勢はあくまでジャズ、ジャズ、ジャズだ。何度同じことを話させりゃ気が済むんだ」

「マスコミ対策も必要なことだ。そう言うな。だが今回は違う」

ドラマーやベーシスト、ギタリストたちが女の子を連れて楽屋を出て行くのを、手を振って見送ると、穂坂はいく分か声を低めて話を続けた。

「マイアミ・ジャズ・フェスティバルというのが六ケ月後に開かれる。今回が第一回目ということだが、規模はモントルーやニューポートに匹敵するという話だ」

橘はゴロワーズに火を点け、ジッポーのふたを小気味よい音を立てて閉じると、目を細めて、穂坂の顔を見つめた。強い煙草のにおいがたちこめる。

「出演のメンツが凄い。ハービー・ハンコック、マッコイ・タイナー、チック・コリア、ウェザー・リポート……。どうだい」

「それが俺と何の関係があるんだ」

「事務所に出演依頼の招待状が舞い込んだんだ。宛名はショウジロウ・タチバナだ」

橘は吸い込んだ紫色の煙を白く吐き出し、ゆっくりともたれていた背を起こした。しばらく無言で穂坂のレイバンを見つめた。

「どういうことだ」

「今、言ったとおりさ」

「眉つばじゃないのか」

「俺も最初はそう思った。何せ突然のことだ。それでスイングジャーナル誌を始めとしていろいろその筋に当たってみた。これはまぎれもない本物で、今後、世界的に有名なイベントになっていくだろうということだ」

「よく判らん」

「何がだ」

「なぜ突然、俺のところへそんな招待状がまぎれ込んだんだ」

ふと穂坂は言葉につまった。人差し指でサングラスを押し上げる。困った時の彼の癖だった。

「レコード会社が、系列のアメリカのレーベルに資料を送っていたんだろう」

彼は口ごもりがちに言った。橘はニューミュージックと呼ばれる連中の唄を聞かされたような釈然としない顔をしている。

「そんなことは確認していない。大切なことじゃないだろう。現に主催者の代表名で直接招待状が来た。大切なのはこの事実だ」

「誰なんだ、その代表というのは」

「トーマス・キングストンという名だ。何でも商事会社を始めとしていくつもの会社を経営し、エレクトロニクス部門でパテントもそうとう持っているという話だ。彼の会社のひとつに電子楽器やリアル・ドラム、シークエンサーなんかのミュージカル・コンピューターを作っている会社があって、その事業部が、マイアミ市と協力して一大イベントをぶち上げたという寸法だ。どうだい文句のない話だろう」

「トーマス・キングストンね。聞いたことがない。音楽畑の人間じゃないだろう」

「書類にサインをしただけのことだろう。日本の管理職連中と同じことだ。そんなことは簡単に想像できる」

「どうせ日本からの客は刺身のツマだろう」

「当然そうだろうな。他のメンバーがメンバーだ。だが、日本国内に対してはプロモーション効果は絶大だ。おまえだって、ハンコックやザビヌルと一緒のステージに立てるんだ。文句はあるまい」

橘は煮え切らぬ態度のまま、視線を自分のブーツに落として一度だけ頷いた。

「グループの編成やメンバーは基本的におまえの自由だ。だが人数が多くなれば、それだけ経費がかさむのはおまえにも判るはずだ。俺は今の編成がいいと思うがね」

「それで、皆が帰るまで話さずにいたのか」

「そう。当然、メンバー・チョイスをやり直すことも考えられるからな」

「オーケイ」

橘は椅子を鳴らして立ち上がった。

「話は判った」

彼は帰り支度を始めた。出来の悪い生徒に説教する教師の目つきで、穂坂は橘に言った。

「そろそろやる気を取り戻してくれ。こいつはいいチャンスなんだ」

橘は軽く右手を上げ、楽屋を後にした。

3

ボストンは、レンガ色の町並を残す大都会で、キングストン・トレーディングの高層ビルは、アトランティック・アヴェニューとその向こうにある港を見降ろす形でそそり立っていた。

人々が〝ザ・キングダム〟と呼ぶキングストン・ファミリーの中心企業であり、このビルが、文字通り王国（キングダム）の城でもあった。

広いプレジデント・オフィスで、ファミリーのボスであるトーマス・キングストンは山積みの書類に猛烈なスピードで目を通していた。

五十五歳になった今も、学生時代に名クオーターバックとしてならした体格と気力には他を圧倒するものがあった。

深いブルー・グレイの瞳（ひとみ）とロマンス・グレイと呼ばれるに恥じない白髪、そして、高く突き出た鷲鼻（わしばな）が印象的だ。

明るいブルーの三揃（みつぞろ）いは最高のウールで、同系色の落ち着いたやや幅のせまいネクタイと純白のワイシャツ、さりげない銀のカフスが、上品な趣味を物語っていた。

彼はどこから見ても隙（すき）のない紳士だった。

二十三種類の報告書にサインを終えると、彼は秘書に命じてキングストンズ・ミュージカル・サーキッツ社(K・M・C)の社長を電話口に出させた。

K・M・Cは、シンセサイザーやリアル・ドラム等のミュージカル・コンピューターの専門メーカーで、キングストン・トレーディングの系列会社だ。

「トーマス・キングストンだ。ハリーか」

「はい。ハロルド・マッキンレーです」

相手のやや緊張を含んだ声が聞こえてきた。

「マイアミ・ジャズ・フェスティバルに関する報告書が届いていない。私は、あのお祭りを心から楽しみにしているのだが……」

「申し訳ありません。現在出演者の選出と、出演交渉を行なっている段階で、報告書を作製するのはもっと事実関係がまとまってからと判断したもので……」

「それは、それでかまわない。担当者は誰だ」

「事業部長のサイモン・リンクです」

「彼と直接話をしたいのだが、かまわんかね」

「すぐに呼び出しておつなぎします」

「ああ、このままで待っている」

ラインをホールドしたまましばらく待たされた。トーマス・キングストンは、また新たに届けられた書類の山に目を通し始めた。ファイル不要と判断したものは、読むや否や破り捨ててゆく。

三枚の書類を読み終えたところで、電話がつながった。

「サイモン・リンクです」

「トーマス・キングストンだ。マイアミ・ジャズ・フェスティバルについて少しばかり話がしたい。いくつかの質問に答えてくれるかね」

「私は、今回の企画のコーディネイトを担当しているだけです。詳細はそれぞれのプロフェッショナルに任せてあります。細部の詳しい問題については判りかねる点もあるかと思いますがそれでもよければ、どうぞ」

「結構だ。今回の企画は、K・M・Cにとって有効なPRとなるだろうか。君の意見を聞きたい」

言葉を選ぶために間をおいてから、K・M・C事業部長のサイモン・リンクは答えた。

「きわめて有効だと判断しています。新進の我が社がシーケンシャル・サーキット社やモーグ、ヤマハ等に食い込んで行くには、PR活動は大きく派手であればそれだけ効果があります。技術面では一歩もひけを取っておりませんから」

「私の提案や、ファミリーの協賛金は、無駄ではなかったということだな」

トーマス・キングストンは、まだ面識のないサイモンのことを想像しながら言った。

若いが、キャリアは認めてやれそうだと彼は思った。リンクは三十一になったばかりだった。

「キングストンさんのご提案とは存じませんでした……」

「それは公けに発表したわけではないから知らなくていい事実だ。ところで、会場はマイアミのどこにした？」

「キングストン系列のホテルがマイアミ・ビーチにあります」

「セント・ジェイだな」

「そうです。その真ん前の海岸に、ホテルを背にする形でステージを設営します。客はホテルの方を向いて坐る形になります」

「なるほど……。出演者の交渉は進んでいるのか」

「はい。すでにオーケイの出ている出演予定者もあります。ハービー・ハンコック、パット・メセニー・グループ、チック・コリアなどです」

「日本からの出演者はどうなった」

「は……」

「ショウジロウ・タチバナというキーボーディストだ。リストに追加されていたはずだ」

「追加分は私の手許に戻っております。お待ち下さい。……確かにショウジロウ・タチバナに招待状は出しておりますが、まだ返事が届いておりません」

「そうか。判った」

「質問してよろしいですか」

「かまわんとも。何だね」

「特にショウジロウ・タチバナというプレイヤーに興味がおありなのですか」

「なぜだね」

「このプレイヤーは、合衆国国内ではほとんど無名に近いキーボーディストです」

「だが日本では大変な話題だ。今後のK・M・Cの市場として日本は最重視しなくてはならないのではないかね」

「そのとおりですが……」

サイモン・リンクはいまひとつ納得し切れない声で言った。

「日本の人々にも、マイアミ・ジャズ・フェスティバルに注目してもらいたいというのが我々の意図だ。それに……」

キングストンは、若い部下の配慮のなさをなじっているわけでは決してない、とでもいうように冗談めいた口調で付け加えた。

「それに私は、タチバナという名に興味があるんだよ」

「はあ……」

「忙しいところを済まなかった。今後の報告書を楽しみにしているよ」

トーマス・キングストンは電話を切った。

4

演奏後に酒を飲むかもしれないと思い、橘は愛車のBMWをレコーディング・スタジオに置いて来た。事務所の車は器材とクルーを乗せて帰った後だった。バーズに来る前に思いついた計画に素直に従おうと、彼は静かにグラスを傾けられそうな場所を頭のなかで物色しながら六本木交差点方向へ歩き出した。背後から自分の名を呼ぶ声を聞いて、橘は立ち止まった。遠慮がちな若い女の声だった。

橘は声の主を素早く観察した。顔、胸、ウエスト、ふくらはぎと足首の太さ。そして、もう一度顔に戻って化粧の具合……。

年齢は二十四、五。決して薄くはないが、端整な顔の造作に溶け込んだ上品な化粧をしている。色の白さが夜目にも印象的だ。

胸はいたずらに男性の視線を集めない程度に量感をたたえ、ウエストは見事にくびれている。何よりも、細い足首に向かってすい込まれて行くようなふくらはぎのラインが全身のエレガントさを代表していた。

ベージュのシルキーなブラウスに、オフ・ホワイトのかちっとしたスーツが落ち着きを感じさせた。

橘は、しばらく女の顔を見つめていた。

「よろしければ、サインをいただけません」

彼女は、バッグと同じ柄の革表紙のついたメモ帳と細身のモンブランを取り出した。自分の要求に男が応えることがそのままその男の幸福感につながるという自信を持ったタイプの女の話し方だった。

橘は頷き、女からメモ帳と万年筆を受け取った。無造作な彼の指が、女の細くしなやかで柔らかい指先に触れた。

サインを受け取ると、女は今度はややはにかむようにトップクラスの腕で手入れされた長い髪をかき上げた。

「もしご迷惑でなければ、ご一緒にお酒でもいただきたいんですけど……」

橘は穂坂のいる階下のほうをちらりと見た。

「初対面で、突然だし、ずうずうしいと驚かれたかもしれませんわね」

女は不安な表情をうかべた。橘のわずかばかりの躊躇は、自分を説得するための時間だった。

「悪くないな。ちょうど飲みに行こうかと思っていたところだ」

「この裏に素敵なお店があるんです」

「どこでもいい。ただ静かなところがいいな」

「それは受け合うわ」

　女は無邪気に笑うと、橘を誘うように歩き出した。橘は横に並んだ。

　六本木といっても、バーズは飯倉に近く、この時間になると人通りがまばらになる。二人は肩を並べて、さらに人通りの少ない通りの方向へと歩いた。

「私、あまりライブハウスなどへは行かないんですけど、橘さんのレコードを聴いてぜひ出かけてみたくなって……」

「それはどうも」

　橘はこういうやり取りが得意ではなかった。相手が誰であれ、どういう返答をすれば無難なのかが判らないのだ。

「もっと、ファンの人がいっぱいいて、キャアキャア騒がれてるのかと思ってましたわ。お話できたことだけでも嘘のよう」

　橘は苦笑した。

「歌手やタレントとは違いますよ」

「でも大変な人気でしょう」

「バンドマンなんて人気が出たってこんなもんです。それに今夜は引き上げて来るまで時間がかかったんで、待ち伏せていたファンもあきらめて帰ったんでしょう。時間も遅いし……」

このときふいに、橘の顔面に冷たく濡れた大きなガーゼが押し付けられた。

四つ折りにされたぶ厚いガーゼにたっぷりと浸み込んだクロロホルムは、まず橘の目と鼻を刺激した。急速に狭くなっていく視野のなかで、無表情の女の顔だけがアップになった。ゆっくりと膝が折れてゆくのが自分でも判った。橘に判ったのはそこまでだった。

ガスが切れかかったライターの炎のように、橘の意識の灯はゆっくりと消えていった。

5

「自宅にはいないのか。寝てるのかもしれん。ジャンジャン電話のベルを鳴らしてやれ。ゆうべ、橘と一緒だった奴はいないのか。あいつを見かけていそうな奴がいたら片っぱしから電話を入れてみろ。行きつけの店にも電話を入れろ。思いつくとこ全部だ」

ブラックホールは青山のマンションの一室に居を構えた音楽事務所だ。そこで穂坂がレイバンのサングラスを何度も押し上げながら大声を出していた。

「ミュージックカントリーから電話です」

ショートカットの目の大きい女の子が穂坂のほうを向いて言った。穂坂はうんざりした顔で受話器を受け取った。ミュージックカントリーというのはいわゆるインペク屋で、ミュージシャンを都合してスタジオやテレビ番組などに入れる仲介を職業としている会社だ。

「すいません。橘が急病でぶっ倒れまして。誰かトラ（代役）を当たってくれませんか……。うちの事務所で？　そう……アキラなら何とか……はい。申し訳ない」

穂坂は電話を切ると、あちらこちらへ電話していた三人のスタッフに苛立ちを隠そうともせずに訊いた。

「橘はまだ見つからないのか」

三人は無言でそれぞれ三様のノーというゼスチャーをした。

「くそったれ」穂坂はうめくと、自分のデスクの上に腰を、そして椅子の上にブルックスのトレーニングシューズをはいたままの右足をのせて右手の親指の爪をかみながら、てんてこ舞いの大騒ぎになるであろう今日一日への対応を熟慮し始めた。左手の五本の指はせわしなく机の上を叩いている。

「今日入っている録音の仕事は、全部代わりにアキラを入れてもらうことにした。アキラを叩き起こしてスケジュールを全部教えてやってくれ。確認が取れたらミュージックカントリーに電話を入れるんだ。アレンジの仕事に関してだが、写譜屋にもう入っているものについては俺が代わりに立ち会ってレコード会社のディレクターとうまくやっておく。それ以外はキャンセルだ。問い合わせが入ったらスタジオとミュージシャンのキャンセル料はうちで払うと言っておいてくれ。俺はこれからＥＭＩへ行って打ち合わせをし直してくる」

それだけまくしたてると、穂坂は表紙が破れたスケジュールノートを革の肩かけ鞄（かばん）に押し込んで、事務所を出て行った。

6

暗闇（くらやみ）の底に、渦巻（うずま）く炎の固まりのようなものがあった。火口のなかでぐつぐつと煮えたぎるマグマのようなエネルギーを感じさせる固まりだった。その熱波動のせいで、目覚めたときの彼の全身は力に満ちあふれていた。

橘は、ベッドの他は家具と呼べる物がほとんどない白っぽい部屋で意識を取り戻した。ベッドはペンキがはげかけた鉄パイプ製で、固いマットにはのりの効（き）いた洗いたてのシーツがかけてあるが、黄ばんだしみを漂白した跡がところどころにあった。橘の下半身を覆っているすり切れた純毛のベージュの毛布にも白い上掛けシーツがあてられている。

古い小さな病院の一室といった部屋のたたずまいだった。

橘はなつかしさを感じた。ずいぶん昔に、似たような場所で寝起きしたことがあると思った。

たっぷりと睡眠を取るという贅沢をした後の爽快感をしばらく味わった後で、橘は六本木での出来事を思い出した。

古びて黄色くなったサッシの窓からは、夕日を背景にした木立ちの黒いシルエットが見えている。これといって特徴のある建物は発見できない。

橘は夕日を見て目を細めた。――自分が姿をくらましてから何度目の夕日だろう――彼は自分の事務所であるブラックホールとマネージャーの穂坂の顔を思い出して小さく溜息をついた。

部屋にはひとつの角をはさんで二つのドアがあった。片方は廊下に出るドアで、頑丈そうな合板に真鍮のロックがしっかりと取り付けてある。もうひとつは、すりガラスをはめ込んだドアで、隣りの部屋に続いている。

橘はそちらのドアに注意を集中した。ドアの向こうに人の気配がした。

彼は物音を立てぬように、そっと起き上がり、猫の足取りでドアに近付いた。このとき、彼は自分の体の軽さに驚いた。過剰な睡眠を取った後のけだるさがない。そればかりか、彼が生まれてこのかた経験したこともないような体力の充実を感じていた。手足の指の先まで精気がゆきわたっている。

橘は木製のドアにそっと耳を近づけた。

ドアの向こうは沈黙していた。指か何かで机を規則的に叩いている音だけが聞こえている。

掌(てのひら)に汗がにじんできた。そっと汗をジーパンでぬぐったとき、ドア越しに声が聞こえて来た。静かな男の声だ。

「これはいったいどういうことなのか、もう一度説明してもらおうか」

役所の人間のしゃべり方だ。

「何度説明しても同じです。私は自分の処置に関してはどんな細かな点でも充分理解できるまでお話しできます。だが、それによって出て来た対象者の話の内容に関してまで責任は持てません」

別の声がこたえた。医者か学者の口調だった。

「彼が作りごとや想像上のことを語ったのではないか。私にはそうとしか思えない」

「こういった処置をした場合、その最初の段階では充分に考えられることです。強力な意志の持ち主なら、必死に自我のなかで意識の戦いを始めるのです。そのようなときに、よく幻想ともいえるようなうわ言を言います。しかし、あなた方が今問題にしている彼の言葉は、処置の最終段階で出て来たものです」

「どういうことだ」

「どんな人間も嘘やごまかしがしゃべれない状態ということです」

「それは確かなんだな」

「その可能性が高いということです。今回は非常に事がスムーズに運びました。理想的な形と言ってもいいでしょう。だから、その可能性はさらに高まりました」

「我々が欲しいのは可能性じゃない。真実の情報だ」

冷たい役人風の声が、医学者風の声の持ち主を刺激したようだった。医学者の声が少しばかり荒くなった。

「いいですか。自白剤、自白剤と簡単に言うが、注射しただけで相手がぺらぺらと本当のことをしゃべり出す薬なんてこの世に存在しないんだ。大切なのは精神医学的な手法なのです。今回使用したのはバルビツール酸塩のナトリウム・アミタールです。これは意識下の深層から何かをさぐり出そうというときに最も有効な薬であることは確かです。精神科医が記憶を失くして苦しんでいる患者によく使用するものです。だが、このときにいちばん大切なのは、患者が協力しようという意志があるかないかです。ナトリウム・アミタールだけじゃない。あなたたちが自白剤と称しているものの多くは単なる中枢神経の鎮静剤にすぎんのです」

「判った。で、今回の手ごたえは」

役人の声はあくまで冷静だった。医者の声は一瞬そこでつまった。落ち着きを取り戻すための間を取ってから医者は言った。

「先程も申し上げたように、ほぼ理想的な形で進行しました。自信を持って申し上げます。あなたが問題にされている彼の言葉は、彼にとっては真実以外の何物でもありません」

「彼にとっての真実……？」

「そうです」

「こんなものが真実か。我々はいったい何を捕えているというのだ」

別の声が聞こえた。若い男のようだ。

「もう一度テープを聞いてみろ。そして、あんたの常識と照らし合わしてみるといい」

小さなスイッチ音に続いてキュルキュルという録音テープが高速でヘッドを通過するときの独特なまるい音が流れて来た。

逆送り、停止、再生と、三つのリレーの働く機械音に続いて、橘にとって最もなじみの深い声が聞こえてきた。

「俺は橘章次郎。年齢は二十八歳。俺はジャズマン。俺はピアニストだ……。橘章次郎は……ジャズ・ピアニスト……」

オフ・マイクで医者の声が聞こえた。

「橘章次郎君。君はジャズ・ピアニストだ。そうだ。君はとっても素晴らしいジャズ・ピアニストだ。だが、君はもっともっと別の力を持っているだろう。我々があっと驚くようなことを君はできるはずだ。それは何だろうね」

「それは……。それは……サウンド・クリエイト……音楽の創造……」

「もっと他にあるだろう。詩を書くことかな。小説を作ることかな。それとも誰よりも速く走ることか、喧嘩（けんか）に強いことかな」

「詩……。喧嘩……」

そんなやり取りがしばらく続いた。橘はいやな汗を全身に感じながら耳をそばだてていた。

「俺は橘章次郎……。先祖の血の恵みを受けて戦うためにこの世に遣わされた……」

「君の先祖のことを話してくれないか。……あせらなくていい。そうだ、ゆっくりと思い出す順に話すといい」

「俺の先祖……バール……獅子（しし）の神……海の神の力を持った一族……だ……。……アレイの民……。アレイが俺の先祖だ。遠い……遠い先祖だ……。俺は目覚めなくては……。目を覚まさなくては……。まだ眠っている俺が……俺のなかにいる……」

「目覚める……？　何をするために」

「……戦い……。戦うために……」

「誰と？　誰と戦うんだ」

「……間違った力を持った民族……。世界を間違った方向に持っていこうとしている人々……隠れている……奴らは隠れている」

「誰だ、それは」

「……ウォニ……」

「鬼？」

「……違う……違う……ウォニの民だ……。俺は……ウォニと戦うために遣わされた……」

「何だねそれは。もう少しだ。もう少し話してくれれば、ゆっくり眠らせてあげる。ぐっすりと。もう少し話してくれ」

「……ピラミッドのある街……。三つのピラミッドだ……。海のある土地……海に沈み……ウォニは……ウォニは空飛ぶ船で、空の彼方へ……ウォニは戻って来た……。ああ……仲間が殺されてゆく。ウォニに……。……戦わなくちゃ……戦わなくちゃ……戦……」

テープは沈黙した。

橘の顔面から血の気が失せていた。その額に汗が浮かび始め、目は飛び出さんばかりに見開かれている。

テープを停止させるリレー音が響いた。

「アレイ？　ウォニ？　ピラミッドの街？　空飛ぶ船？　いったい何なんだ、これは。これが彼の真実だと言うのか。だとしたら彼はどこかおかしいのではないか。これはたわ言としか思えん」

若い男のいきり立った声だった。医者が言った。

「残念ながら、彼は正常な精神の持ち主です。この言葉に先立つ彼の発言でそれが判ります。その点に関しては、私がいくらでも証明してみせます」

「どう思うね」

役人が訊いた。その声からややあって、女の柔らかい声が聞こえてきた。橘はその声に聞き覚えがあった。

「皆が言っていることは、それぞれの立場から見て正しいと思うわ」

残りの三人は聞き入っている様子だ。

「でも、大切なことをひとつ忘れているわ。それは、彼が普通の人間だという前提を私たちが勝手に作り上げてはいけないということよ。彼が常識的な人間だったら、私たちが調査などする必要はないのよ」

「それはそうだが」若い男が言った。「いくら何でもこいつはひどすぎる。これじゃ報告書の作り様がない。俺たちは報告書におとぎ話を書いていいとは言われていない」

「忘れてもらってはこまるわ。私たちは、ありのままをできるだけ正確に報告する義務があるのよ。それともうひとつ。彼は明らかに普通じゃないのよ。彼が六本木の街角で、眠りに落ちる直前のほんの短い時間に何をやったのか知らないわけじゃないでしょう」

誰も何も言わなかった。

「私はこの目で見たのよ。目の前で彼がやったことを信じないわけにはいかないわ」

「判っている」役人が言った。「あの三人は鍛え抜かれたプロフェッショナルだ。そのうち二人が肋骨三本の骨折と、右腕の複雑骨折だ。一番軽い奴で、全治二週間という有様だ」

橘は眉をひそめた。

またしばらく沈黙が続いた。その沈黙を破ったのは先程と同じく役人風の男だった。

「報告書を作るために、あんたの全面的な協力がぜひとも必要だ、先生。これがどういうことなのか、納得のいく説明を試みてくれないか」

「私もいろいろ考えました。個人的にも興味深いケースですからな」

「で……？」

「彼の六本木での行動から、この薬品注射後の言動までをすべて細かくチェックしたら、次のような仮説が成立します。いいですか。どう思われるかはそちらの勝手ですが、これは客観的な分析を加味した仮説です」

「判った。話してくれ」

役人風の男は、苛立ちを溜息に表現した。橘も同様の気分だった。

「二つの場合が考えられます。彼が私たちの研究データにないまったく特異な精神的異常の持ち主の場合。これだったらば、ほとんどの人々が納得する一般的な説明になります。しかし、我々の世界で〝魔女狩り〟と呼ぶ最も避けなければならない事態をしばしば引き起こすのも、この解釈を採用したときだということを忘れてはいけません。我々は……」

「もうひとつの場合は？」

役人が言葉を中断させたことに対する怨みがましい医学者の顔が見えるようだった。

「勿論、彼がいたって正常で、彼の言葉がすべて事実に基づいている場合です。人間は誰でも意識の深層に自分でも想像ができない能力をうずめているものです。大部分の人間はそれを開花させぬまま一生を終えます。それが一般人です。しかし、ごく稀に、そのような能力を目覚めさせる人間も出て来ます。過酷な修練によってそれを導き出す人もいます。また、何かのきっかけで突然そのような能力が花開く人間もいます。ここまではお判りいただけますね」

「ＥＳＰのことを言っているのか」

若い男が言った。

「それも、そのひとつでしょう。言っておかなければならないのは、それがごく稀にしか起こらないということです。彼の場合は、潜在的に目覚めようという願望が強くあった。どういう理由によるかは判りません。ピアニストとしての職業上の願望だったかもしれないし、彼が言うように戦わねばならないという使命感によるものかもしれない。今回の薬品による処置がその引き金を引いたとも解釈できます」

「アレイの民とかウォニの民とかいう言葉の説明にはなっていないな」

独り言のように役人風の男が言った。

「それは畑違いというものです」

医者がこたえた。

「彼の言葉を解釈すると、古代文明に関する事柄のようです。考古学者か文化人類学者に尋ねてもらいたいですな。ただ、私が言えるのは、これがまったくのでたらめを言っているのではないという考え方も成立するということです。似たような事例はいくつも紹介されています。トランス状態の人間が、知るはずのない事実を正確に言い当てることがしばしばあるのです。降霊術というのをご存知でしょう。我々はあれを否定する論拠(ろんきょ)を持っていません。今回と非常に近い例では、一九四五年に死亡したアメリカ・バージニア州の心霊治療師エドガー・ケイシーが、トランス状態でアトランティスに関する口述(こうじゅつ)を行なった、というのがあります。彼はその手法をリーディングと呼びましたが、そのリーディングによって彼は当時まだ予想もできなかった科学技術を古代アトランティスの技術として紹介しているのです」

「信じねばならんのかな。そういう話を」

役人風の男の声は感情が欠落していた。

「ご自由に。ただそういう例もあるという話を私はしたまでです。それともうひとつ。我々は記憶というものの正体をつかんではいないということです。深層意識には何が隠されているか判りません。遠い先祖の記憶が遺伝物質のメカニズムのなかに含まれていないとも言えんのです。事実、本能とか行動様式という記憶の一種は遺伝しているのですから」

「どうも科学的な話とは思えないな」

いちばん若い声の男が、茶化すように言った。それを嘲(わら)う調子で医学者がこたえた。

「説明のつかぬものを信じないという一般人が考える〝科学的態度〟が、実は最も非科学的な態度なのですよ」

「判ったわ。他に参考になることは？」

女の声がした。

「二つあります。第一に彼の筋肉の発達具合はどう見ても格闘技に熟達しているとは思えない」

「三人のプロに一瞬にして大怪我を負わせることは考えられないというのね」

「そうです。それが私の二つ目の解釈の裏付けにもなっています。それともうひとつ。彼はある一時期の記憶を無意識のうちに抹消してしまいました。幼い頃の記憶のようですが、彼は一度明らかに入院したことがあり、それを自分に対して隠そうとしているようです」

「入院？　何のために」

役人が尋ねた。

「判りません」

「ふん。で先生の見解では二つの仮説のうちどちらに可能性があるのかね」

やや間をおいて、医学者は自信を持った声で言った。

「圧倒的な確率で、後者ですな」

「よろしい。報告は私がまとめておく。今回の命令において最終作業がまだ残されている。彼が意識を取り戻す前に、我々の存在を知られることなく、彼を送り帰さねばならない。先生、麻酔のほうは大丈夫だろうね」

「あと半日は目を覚まさないはずです」

「念のため、もう一度麻酔を打つ用意をしておいてくれ」

「必要はない。現段階で彼には限界ぎりぎりの量を打っている。これ以上はやめたほうがいい。彼を再起不能にしたくなければですがね」

「念のためだ」

役人の語調は強かった。

「判りました」

医者は言葉のトーンを落とした。

彼らがドアに近づいて来る気配を後に、橘は慌ててベッドへ戻った。眠った振りを続けていれば、彼らは何事もなかったように橘を解放してくれるだろう。彼らの会話が芝居でなかったとしてだ。

うまくすれば、彼らの正体を知ることができるかもしれない。橘はベッドの上で目を閉じた。

三人の男がドアを開けて橘に近づいて来た。

白髪の交じった髪を神経質そうにオールバックに固め、小さな眼鏡をかけた白衣の男が先頭だった。

その後ろに二人の男——一人は紺色の三揃いのスーツを身につけた恰幅のいい紳士で、高級官僚といったイメージがあった。細く鋭い目と俗に福耳と呼ばれる大きな耳たぶが印象的だった。

残る一人は二人に比べかなり貫禄の面で見劣りがした。年齢が若いせいもあるだろう。

彼はどう見ても三十過ぎには見えない。だが、体格のいい男で、グレイのスーツの肩や胸が張り裂けそうだ。彼にはスーツよりも将校の制服のほうがはるかに似合う。

役人風の男が白衣の男に命じた。

「彼は本当に眠っているんだろうな。確認してくれ」

「心配いりませんよ」

白衣の男は面倒臭げに橘の顔をのぞき込み、彼のまぶたをめくり上げた。いぶかしげな表情を見せたと思うと、白衣の男は、狼狽して二、三歩後ずさった。

「どうしたんだ」

役人が尋ねた。

「この男は眠ってなどいない」

その医者の声を合図に橘は飛び起きた。

驚きの声を上げたのは医者だけだった。将校風の体格のいい男が一歩前に出た。

橘は、この男と渡り合って勝てる自信はなかった。だが、体の底にある熱っぽい固まりが、闘争への欲求を心中に湧き上がらせた。橘が一度も感じたことのない感情の動きだった。

上着を脱ぎ捨てると、若い男の逞しい体が、華奢ともいえる橘に襲いかかった。

その瞬間、橘は目を閉じた。自分で何をしたか判らない。ただ彼は、手首にしたたかな手ごたえを感じた。

目を開くと、壁ぎわに坐り込んでぐったりしている男の姿が見えた。カウンターで当たったたった一撃の橘の拳が、その男を突き飛ばし、壁に激突させたのだった。

「もういいわ」

隣りの部屋から現れたのは、六本木で橘に声を掛けた美女だった。その手にはベレッタが握られている。

「あなたの腕前は充分判っているわ。これ以上怪我人を出されるのは沢山よ」

明るい部屋のなかでも、女の肌の白さときめ細かさは変わらなかった。髪が栗色に輝き、鳶色の瞳にはうっとりするようなうるおいがあった。

蛇に睨まれた蛙でも、蛇のことを美しいと思うことがあるもんだと橘は思った。しかし、その余裕もそこまでだった。

三人は抜群のチームワークを発揮した。女がベレッタで橘を釘付けにしたと見るや、役人風の男が橘を押さえつけ、医者が注射器を取り出した。

抗うことはできなかった。拳銃の威圧感は圧倒的だった。橘は無抵抗のまま冷たい注射の針を受け入れるしかなかった。

7

三人の男と一人の女は、ベッドに横たえられた橘を見降ろしながらおのおのの考えに頭を巡らせていた。

「こんなに早く目覚めるはずはない」

かすれた声で医者が言った。残りの三人にとっては言い訳にしか聞こえなかった。特に、自動車事故にでもあったような気分の若い男は、怨みがましい顔で医者を睨みつけていた。

「とにかく作業を遂行しなければならない」

役人が言った。

「状況が変わったでしょう。我々は顔を見られてしまった」

若い男はなじるような目で医者を見た。

「私の責任ではない。彼は化学物質に対して異常なほどの回復能力を持っている。それが計算外だったのだ」

「まあいい」役人は橘を見つめた。「……となれば、またいつ目を覚ますか判らないわけだ。最悪の場合、彼を抹殺しなければならない。確かに顔を見られたのは我々の不注意だった」

「それしかないでしょう」

「まずは彼らに状況が変わったことを報告すべきよ」女は冷静だった。「どういう対処をするか、私たちの独断では決められないわ」

役人は小さく頷いた。

「彼を処分しなければならない場合にそなえて、然るべき薬品を用意してくれ」

「シアン化水素がいいでしょう。死因は心臓発作と誤診されます」

医者の言葉に頷くと、役人は隣りの部屋へ行って電話に手を伸ばした。

「やはり普通の人間じゃないのね」

女は医者に向かって尋ねた。

「普通の人間という言い方は漠然としすぎています。人間にはもともと大きな個人差があるものです。この男は、珍らしい臓器を持っているのでもなければ、不死身でもありません。そういう意味で言えばこの男も普通の人間です。ただ……」

「ただ、何?」

「すべての器官の効率がきわめていい。麻酔から早く醒めたのには、循環系の働きと、中枢神経系の働きと二通り考えられますが、この場合はおそらく両方だと思います。見かけよりずっと強い力を発揮できるのも、筋肉と骨格の効率のよい運動の結果でしょう。

自分の深層心理にあった先祖の記憶とおぼしきものを掘り出せたのも、脳の活動が常態より活発に行なわれたせいだとも考えられます」

「彼はスーパーマンだと考えていいのね」

医者は肩をすくめた。

「ここへ来る前はそうではなかったでしょう。今後もこの状態が続くかどうかは判りません。一時的なものなら我々はよく経験することです。火事場のクソ力とかその類です。いずれにしても、我々が引き金を引いたことは明らかですね」

医者は話しながら小さな注射器の用意をした。耳かき一杯で人間を絶命させることのできる薬品が、そのなかに入っている。若い男は目をそむけた。

役人が医者の顔とその手にある注射器を交互に見ながら部屋に戻って来た。

三人はその発言をじっと待っている。

役人は息を大きく吸ってから医者を見た。

「その薬はもう必要なくなった」

三人は顔を見合わせた。

若い男が尋ねた。

「どういうことです。彼らは何と言ったんです」

「作業は最終段階まで、すべて変更なしで遂行しろとのことだ」

「我々は顔を見られているんだ。それは危険だ」

「そのことは伝えた。その上での彼らの判断なんだ」

「ばかな、このまま放り出せというのか」

「そのとおりだ」

役人は若い男を睨んだ。彼も不満を感じているのは明らかだった。それを察した若い男は抗議の言葉を呑み込むと、床に目を落として、独り言のように呟いた。

「彼らは……CIAの奴らは何を考えているんだ」

「とにかく、総理府としてもこれ以上の危険なかけ引きは極力避けねばならない。我々内閣調査室はテロリスト集団ではないのだからな」

「わけの判らない調査を命じられるのも、CIAに対する外交上のサービスというわけか」

「判ったら、すぐに作業を開始してくれ」

役人は少しばかり語気を荒くして言った。若い男の言葉が気に障ったようだった。

8

トーマス・キングストンは、朝の陽光にきらめくボストンの港を窓から眼下に眺めて目を細めた。広いプレジデント・オフィスにモーニング・コーヒーの芳香が漂い、一日の始まりを告げている。

彼は昨夜は午前一時までこの部屋で書類を前にし、重役連中と議論を戦わせていたが、その淀んだ重苦しい空気も今はなく、いたって爽快な朝がオフィスにおとずれていた。トーマス・キングストンは満足げに肘かけの付いた革張りの椅子に腰掛けると、デスクの上にきちんとたたんで置かれている数紙の朝刊に目を通し始めた。

長年かかって出来上がった習慣はそれがほんのささいなことであっても、省略すると不安を感ずる。キングストンが毎朝数紙に目を通すのも、そういったセレモニーのひとつだった。

内容をいちいち把握する必要はない。ただ流し読みをすればそれで落ち着く。いつものように、音を立ててページをめくっていたキングストンの目が、不意に一点で停止した。おだやかな一日のスタートにふさわしかった表情がみるみるその顔から消え、かすかな怒りの色が眼に現れた。

小さな記事を何度か読み返した彼は、隣りのセクレタリー・オフィスにいる秘書の一人に電話で命じた。

「ミュージカル・サーキッツの事業部長を呼び出してくれ。サイモン・リンクという男だ。大至急たのむ」

受話器を置くとキングストンは、その記事が載っているページを目の前にして、指先でデスクの表面を規則的に叩き鳴らした。大理石の固い音が響いた。

電話が鳴り、彼は一回目のベルを聞き終わらぬうちに受話器を取った。若くていかにも聡明(そうめい)そうな声が聞こえて来た。

「サイモン・リンクです」

「マイアミ・ビーチで、海軍の軍事行動に抗議するデモが続いているという話だが……」

単刀直入に用件を切り出すのが、トーマス・キングストンの問題発生時の習慣だった。

「状況が判っていたら知らせてくれないか」

「はい(イエス・サー)。新聞などでは〝軍事行動〟などとおおげさに報道されていますが、実際は海軍による何らかの調査活動が、マイアミ沖で行なわれているのです。その調査内容が一切公けにされていないため、マイアミ住民の反感や不安を駆り立て、一部の急進的な学生や文化人たちが抗議を申し立てたというわけです。漁民たちも抗議行動に参加している模様です。海軍が海底をひっかき回して漁場を荒らしているとかで……。しかし、フェスティバルの準備に対する障害は今のところまったく考えられません。ご安心ください」

「海軍は何を調査しているというのだ」

「判りません。市当局の人間も、詳しくは知らされていないということです。もっとも、市長クラスになるとどうか判りませんが」

「マイアミ沖と言ったが、どの程度の規模の調査なのだ」

「かなり広範囲と考えられます。常にポイントを移動しつつ数週間にわたって続けられているという話ですから」

「具体的には判らんのか。大西洋全部を調査するわけじゃあるまい」

「具体的には一切判明しておりませんが、その筋に明るい者の見解を聞いたことがあります。ただ、どの程度の妥当性があるか……」

「かまわん。言ってみてくれ」

「彼らの調査は、マイアミとプエルト・リコ、そしてバミューダを結んだ三角形を対象として行なわれているというのが、その者の意見です。いわゆる、このバミューダ・トライアングルという海域についてはご存知のことと思いますが……」

トーマス・キングストンは唇を咬んでから感情を抑えた声で言った。

「判った」

その言葉の後生じた沈黙を不自然なものと感じさせまいとして、トーマス・キングストンは快活な声を作って言った。

「フェスティバルに支障がないと聞いてひと安心だ。準備を私からもよろしく頼む」

「お任せください」

サイモン・リンクの言葉には終始淀みがなかった。トーマス・キングストンは電話を切った。

インターホンが鳴った。

「GL海運のホーガンさんがおみえです。お約束です」

「済まんが十分ばかりお待ちいただくようにお伝えしてくれ」

トーマス・キングストンが言うと、秘書は明らかに躊躇を意味するわずかの沈黙のあと、了解したことを告げた。

約束の時間に現れた先方を、一方的な都合でトーマスが待たせるというのは、たとえそれがたったの十分間であっても、たいへん珍らしいことだった。

トーマスはインターホンが切れたことを確認すると、自ら電話を取ってダイヤルを回した。

「もう君が私のところへ電話をかけてくることなど絶対にないと思っていたがね」

二、三の呼び出しのための手続きを経た後出てきた声には、非難する響きがあった。

「私を呼び出しておいて、やあおはよう、景気はどうだい、じゃ済まないぞ」

「私が不必要なことをするのが何よりも嫌いな男であることぐらい、君が一番よく知っているだろう。ダニエル・ハザード」

「そう。君くらい無駄な動きのないクオーターバックはいなかった。いったいどうしたっていうんだ、トーマス。委員会の招集がかかっているんだ。用件は手短かに頼む」

「政府がいったいあのフロリダ沖で何をやらかそうとしているのか、大統領補佐官のハザード氏に訊きたいと思ってね」

「君があのデモをやっている連中と同じとは思えないがな……。何でフロリダあたりのことを気にするのだ。別荘をもう一軒増やそうとでも言うのかね」

「君も私も時間が無いのは同じことだろう。余計なことは言わないでくれ」

「この電話は大丈夫なんだろうな」

「盗聴のことなら心配ない」

「かたぶつの軍の連中が、ＵＦＯ探しに莫大(ばくだい)な費用をかけていると言ったら、何を今さらと君は笑うかね」

「いや、むしろ腹立たしいね」

「同じことだ。どっちにしろばかげたことだと思っているのだろう。だが、毎朝大統領のデスクに届けられる六インチもあるレポートにＵＦＯに関する報告が必ず含まれていると言ったら、多少は本気にしてくれるかな」

キングストンは、ためらいもなく情報を提供し始めたハザードの真意をつかみかねて、黙(だま)っていた。

「ウォーターゲートが契機となって〝情報自由化法〟が施行されたのは知っているだろ

う。七九年十月、それを盾（たて）に取ってＣＡＵＳ（コウズ）という名の運動団体が、ニューヨークで記者会見を開いた。ＣＩＡ、ＤＩＡ、ＮＳＡ、ＦＢＩなどの政府諸機関に、過去三十二年間にわたって集めたＵＦＯに関する情報を公開するように求める訴訟を起こすというのがその主旨だ。こうなればもう立派な政治的問題だ」

「今になって、君からそんな話を聞かされるのはきわめて不愉快だ。政府がＵＦＯ問題に本気になっただと？」

「答はイエスだ。秘密裡（ひみつり）でな」

「あの海軍の動きは秘密行動とは言い難いんじゃないのか。あまりに不用意だ」

「急がねばならんことに気がついたのだろう。その件に関しては国内の世論だけじゃなくＮＡＴＯへの対応にも手を焼いている」

「もっと政府が急ぐべきことは山ほどあると思うがね。都市にたむろする失業者たちをどうするつもりだ。いったい何をあせっているんだ」

「我が連邦政府が何かをやろうとするときに、必ずや話題にのぼることだよ」

「なるほど。ソ連か。君はまだ国家間競争などにこだわっているのだな」

「クレムリンはすでに相当のＵＦＯ情報を集めているらしい。もっとも、科学アカデミーは七九年のモスクワ放送でＵＦＯは大気中のチリや水滴の集まりだという公式見解を発表しているが、こいつは奴ら独特のカムフラージュだ」

「今回の軍事行動はどういう扱いになっているんだ」

「君の心配には及ばんよ。すべての活動は国家安全保障法の枠内で行なわれている。海軍の出動は緊急執行令という形で、官報による公示からも除外されている」

「マスコミの追及も厳しいだろうに」

「敏腕なジャーナリストだけが、ある『大統領名』級の原潜の不祥事を洩れ聞くことになるだろう。フロリダ沖で核弾頭を落っことしたというわけだ。そしてそれは、治安のためという政治的配慮によって公表をひかえられるのだ」

「物騒な話だ。連邦政府はマスコミから大きなマイナス点を食うことになるな」

「点数を挽回する用意も整えてある。ところでこちらからも君に訊きたいことがあるんだが」

「何だ」

「マイアミで予定されているジャズ・フェスティバルのスポンサーの一人が君だと聞いているが、本当か」

「ああ。あれは私の提唱によるもので私のファミリーがバックアップしたお祭りだ。それで、フロリダ沖の話が気になって電話したのさ」

「日本のミュージシャンを招いただろう」

「私は実際にタッチしているわけではないから詳しくは知らん」

「ショウジロウ・タチバナというピアニストだ。聞いたことはないか」

「さあな。その男がどうかしたのか」

ダニエル・ハザードは意味ありげな沈黙をはさんでから言った。

「ちょっとな。うちの頼もしき税金泥棒たちがその男に注目しているらしいんでな。おい、俺はこれだけしゃべったんだ。バレれば国家反逆罪でキャリアが危いどころか、くさい飯(めし)を食わなきゃならんかもしれないんだ。君のほうも隠し事はなしだぜ」

「判っているとも」

「ならいいが……。そろそろ時間だ」

トーマス・キングストンは電話を切った。しばらく彼は口髭(くちひげ)をいじっていた。難しい問題を思案するときの癖だった。ふと時計に目をやった彼は、インターホンに手を伸ばし、客を招き入れるよう秘書に命じた。

9

「いったいどこに隠れていやがったんだ」

レイバンのサングラスがずり落ちるほどの激しさで穂坂が怒鳴った。

「いいか。おまえがあけた穴は丸三日間だぞ。こんなミュージシャンはこのブラックホール始まって以来だ。その間、事務所の人間がどんな目にあっていたと思うんだ。涼しい顔をして今頃ふらりと事務所に現れやがって」

橘は涼しい顔をして現れたつもりはなかったが、言い訳する気もなかった。

「言ってみろ。今までどこに行ってたんだ」

「言っても信じないだろ」

「信じる信じないなんて二の次だ」

「誘拐されて、軟禁されていた」

「誘拐だと」

「そうだ。わけの判らない連中がやって来て、俺をどこか病院みたいなところへ閉じ込めたんだ。どうだ、あんたは信じやしないだろう」

「信じてやるとも。そいつらと大立ち回りを演じて、命からがら逃げて来たというんだろう。それとも、身の代金が取れない借金だらけのミュージシャンだってことがばれて、どうぞお帰り下さいってわけか。ふざけるな。いつからそんなに冗談(じょうだん)のセンスが悪くなったんだ」

「実際、俺は自分が何日捕(とら)われの身だったのかも判らなかった。気がついたら、自分のマンションのベッドで寝ていたのさ。俺が事務所に顔を出したのが気に入らないのなら、またこのまま姿を消しちまってもいいぜ」

「誘拐犯人どもが、自宅まで丁寧に送ってくれたとでも言うのか。小学生だってもっとましな嘘をつくぞ」

「本当だから仕方がない」

「もういい。スケジュールのしわ寄せを全部片付けにゃならん。顔がつやつやしてるな。体調はすこぶる良さそうだ。今日からさっそくばりばりと予定をこなしてくれ」

「そのために戻って来たんだ。ちょっとリハーサル・ルームを使わせてもらう」

「好きにしろ。だがそれほど時間はないぞ。三時から一口坂(ひとくちざか)スタジオで、残っているダビングを全部上げる。その後はサウンド・インで、三曲分のリズム取りだ。全部お前がその誘拐事件とやらに出合ってからペンディングになっていた仕事だ。レコード会社はどこもかんかんだぞ」

穂坂がわめくのを背中で聞きながら、橘は合板のドアを閉めた。事務所の人間がリハーサル・ルームと呼んでいるのは、八畳ほどの広さでただアップライトのピアノと、ツー・トラックのオープンやカセットの簡単な録音機器のある部屋だ。

橘はピアノのふたを開け、スツールに腰を降ろして白と黒の鍵盤(けんばん)を眺めた。白鍵は黄色く変色しており、表面に小さな傷がいっぱい走っている。いとおしそうに、そのハ音の白鍵を右手の親指でなぞると、彼は軽いタッチでカデンツを弾(ひ)き始めた。

リハーサル・ルームの外にピアノの音が洩れるのはいつものことで、和音や音の配列が急に乱れ始めたことに、誰も気付かなかった。

そのとき、穂坂を含めて四人が事務所にいたが、それぞれに電話の応対やら、互いの打ち合わせやらに気を取られていた。最初に異常に気付いたのは、外から帰ってきたロード・マネージャーだった。

事務所に足を踏み入れるなり、彼は眉をひそめリハーサル・ルームを指差して言った。

「いったい、何が鳴ってるんだ」

「章次郎がひょっこり戻って来たんだ。ママに叱られるんでピアノのお稽古でもしてるんだろ」

「章次郎だって？　嘘だろう。誰かのテープじゃないのか。奴はいつからあんな獣みたいなピアノを弾くようになったんだ」

そう言われて、ようやく穂坂は不審げに顔を上げた。聴き耳を立て、彼は隣りに居たブッキング・マネージャーと顔を見合わせた。

若いブッキング・マネージャーはスケジュール・ノートをめくる手を止め、横目でリハーサル・ルームを見て目をぱちぱちとしばたたいた。

「あいつがあそこへ入ってどのくらいになる」

穂坂がデスクの女性に尋ねた。

「もう一時間になるかしら」

「一時間もあいつはあんなおかしなピアノを弾いているのか」

ロード・マネージャーはおおげさにあきれて見せた。そういうポーズのうまい男だった。

ピアノの音は息つく間もなくドアの向こうから流れて来ていた。穂坂は眉にしわを寄せたまま、一度サングラスを押し上げると、ドアに歩み寄ってノブに手を掛けた。

そこでピアノと格闘している男は、少なくとも穂坂の知っている知的でクールな橘章次郎とはまったくの別人だった。

常に手入がゆきとどいていた長髪はライオンのたてがみのような有様で、幾本かの束が額や頬に汗でべったりと貼り付いている。汗は顔中に噴き出し、それが筋を作って流れていた。白い歯をむき出し、その奥から唸るような声が洩れている。何を捉えているか判らないその目は、異様に大きく見開かれ、充血してぎらぎらと光っていた。

リハーサル・ルームは音の洪水だった。音の上に音が重なる。さらにその上にどんどんと追い打ちをかけようと、橘はもどかしげに激しく疾いパッセージを繰り出していた。事務所の連中は戸口で立ち尽くした。穂坂は橘が冗談でそんな真似をしているのかとも思った。

若いミュージシャンたちが、これと同じようなことをよくやるのだ。だが、穂坂は、一時間もの長時間にわたり、全身汗だくになってジョークをやり続けるようなばかなミュージシャンがいないこともよく知っていた。

事務所の連中は、怪物でも見るような目付きになっていた。それに気付いた穂坂は、ようやく、橘に声を掛けるのは自分でなければならないことを悟った。

穂坂は橘の名を呼んだが、その声はピアノのヒステリックな絶叫にかき消されてしまった。

喧嘩を止めにでも入るような恰好で、穂坂は橘の肩に手を置いた。

穂坂は、橘の体の熱さに驚いた。

肩で息をしながら、橘はぎらぎらと光る目をマネージャーに向けた。

ほんの一瞬だが、穂坂は「こいつに人間の言葉が通じるだろうか」という、非現実的な恐怖感にとらわれた。穂坂は唇をなめてから、この得体の知れない野獣に声を掛けた。

「スタジオへ行く時間だ」

橘の目から、憑かれたような光がロウソクの火をふき消したように失せた。彼はシャツの袖で顔の汗をぬぐうと「判った」とだけ言って立ち上がった。

デスクの電話が鳴り、ブラックホールのオフィスは瞬時に日常性を取り戻した。デスク担当の女性の声がいつものように部屋のなかに響き、皆がそれぞれの持ち場に戻った。

橘は洗面所で顔を洗い、タオルで胸や腕の汗をぬぐった。

外出の用意を始めながら、穂坂はその後ろ姿を黙って見つめた。

10

六本木バーズの従業員たちは、客入れの時間が迫っているのにいっこうにリハーサルを始めようとしない橘たちを見て苛立っていた。

ミキシング・エンジニアの竹松は、橘と穂坂のやり取りを苦すぎるコーヒーを飲んだときのような顔で見つめている。

穂坂は客席の椅子に腰かけ、右手で髯(ひげ)のそりあとをこすりながら、右足を規則的にぱたぱたと鳴らしていた。

「楽屋にいるメンバーにはどう言うつもりなんだ」

穂坂が橘に向かって言った。

「連中には俺が話す。奴らはミュージシャンだから俺の気持ちは判るはずだ。スケジュール調整が難しいほどの売れっ子たちだ。かえって喜ぶだろうよ」

「本気で言ってるのか。今まで一緒に演ってきた人間関係はどうなんだ」

「あんたがそんなことを言うとは思わなかったよ」

「そうかい。おほめにあずかり光栄だよ」

穂坂は吐き棄てるように言った。「俺だって金のためだけにこんなことをやっているわけじゃないんだ」

「とにかく、連中に前もって何も言わなかったのは俺の責任だ。集まったからには、そのまま帰れとは言えない。ステージの前半は今まで通りやるさ。後半だけ、俺に試みの時間をくれよ」

橘の口調は固い決意を感じさせた。穂坂はサングラス越しに橘を睨みすえて、声を落とした。

「おまえ、あの三日間に、いったい何があったんだ」

「よく憶(おぼ)えていないと言ったろう」

「ひょっこりと戻って来た日に事務所で弾いていたピアノ——ありゃいったい何だ。あんなものがおまえの新しい試みだとしたら、俺は賛成しかねる」

「あんたはプレイヤーじゃないから判らないんだ」

「ああ、そうさ。判りたくもないね。だが俺たちは、大衆がおまえに何を求めているかはよく知っているつもりだ」

「多分、今までどおりやれと言っても、この体が言うことを聞かないよ」

「おまえ、本当に橘章次郎なのか……。いったいどうしたんだ」

「とにかく、今夜はそういうやり方で演りたいんだ。判ってくれ」

橘の強情さに、ついに穂坂はギブアップした。「好きにするさ」そう言うと彼は立ち上がった。

バーズはジャズのライブハウスとはいっても、一時期クロスオーバーとかフュージョンとか呼ばれたファッション要素の強い音楽を聴かせる店だから、若い女性客の姿が多い。なかには女子高校生まで交じっているという有様だから、モダンジャズの世界で育ったプレイヤーたちが、ここの客層に苦笑を隠せないのも無理はない。

橘のグループのメンバーは生粋のジャズマンではなく、ロックやポップスの洗礼を受け、レコーディング・スタジオで活躍するミュージシャンたちで、その世界でいわゆる〝六本木族〟と呼ばれている連中に属している。

若い女性たちに人気があるのもそういう連中だ。若い女性をつかまえないことにはマジョリティーになれないのがこの世界の鉄則だ。橘のグループは、メジャーになることを前提として作られたグループだった。

ステージ上で、ドラマーがエイト・ビートの派手なドラミングを展開している。テーマのなかに複雑な仕掛けがたくさんあり、全員がそれを難なくこなしてゆく。

ギタリストがディストーションとコーラスのスイッチを踏んでソロを取り始めた。イフェクターで加工されたツインリバーブの柔らかいが線が太い音でギターソロが続く。

ギターソロの間も、ベースとドラムそしてキーボードの橘は難解なリフレインを繰り返している。客たちはその高度なテクニックによるスリリングな演奏を楽しんでいた。

ソロがサックスに移ると、橘はオーバーハイムOB－Xで、広がりのあるオーケストレーションを始めた。

ポリフォニック・シンセサイザーは、充分に管弦楽団の代わりをポジティブに果たした。

フェンダー・ローズはエレクトリック・キーボードの逸品(いっぴん)だ。発音体に音叉(おんさ)を組み合わせて使用しているこのエレクトリック・ピアノは、そのまろやかで澄んだ音色でスローバラードからアップ・テンポの曲まで実に豊かな表現力を発揮してくれる。

橘はローズでソロを取り始めた。

彼の様子が普通でないことに気付いたのは、プレイヤーたちより、客のほうが早かった。

華麗(かれい)でポップス・フィーリングにあふれたいつもの演奏を期待して、彼らはじっと橘を見つめていたからだ。

ドラマーとベーシストが顔を見合わせた。彼らの演奏はソロと同じくらい演奏中の仕掛けを重視している。橘はそのきっかけをまったく無視して激しくソロを取り続けたのだ。

短いソロの間にきらりと光る機知をのぞかせるのがこれまでの橘の身上だった。

テーマに戻るきっかけのフレーズを、橘は二度も無視した。彼はいつもの三倍の長さでソロを取った。

ようやく橘がテーマに戻って演奏が終了した。

ギタリストがベーシストの顔を見て、肩をすくめた。メンバーたちは白けた顔を隠そうともしなかった。開演前に橘に言われたことの理由を、彼らは彼らなりに納得したのだ。橘は彼らに前半だけでステージを降りてくれるよう頼んだのだった。

今の演奏を見るまでは、彼らは少なくとも自分たちのプライドを満足させる程度の説明がなければ黙っていないつもりだった。が、橘のソロはどんな説明よりも効果的だった。志向の異なるプレイヤーと一緒にステージに立つことはできない。グループを維持していくことはさらに困難だ。

前半最後の曲を彼らは演奏し始めた。エイト・ビートと十六ビートが曲中に何度も入れ替わるオリジナル・ナンバーで、いつもなら橘はミニモーグでソロを取る曲だった。

橘はアコースティック・ピアノから手を離そうとしなかった。

時間こそ短かかったものの、その橘のソロも、グループ全体のバランスを崩すものだった。エイト・ビートは、乗りやすいが、反面型にはまったかたくるしいビートでもある。十六ビートは、スピード感はあるが、実に曖昧(あいまい)なビートだ。

橘のソロはその両方のビート概念を無視していた。といって、他のプレイヤーを無視しているわけではない。ベーシストやドラマーの音に、普段以上に反応しようとしてそういう形になっているとさえ言えた。テーマに戻るタイミングがぴたりと合っていたことをとってもそれが判る。

つまり、今までの橘とは明らかに方法論が違っていた。今までの橘グループは、練習の成果やメンバー間の約束事だけがステージに反映するロック、ポピュラーに近いものだった。

これはどう見てもある別のやり方を想い起こさせる。

ステージ前半が終わると、橘の申し出どおりメンバーたちは帰り仕度を始めた。

「ドラムとアンプを片付けにゃならんな」

エンジニアの竹松が穂坂に言った。穂坂は腕組みしたまま、ミキシング・コンソールの脇で、楽屋へ引っ込む橘たちを見つめていた。

「客がいるんだぜ」

「ああからさまにシールドやイフェクターを片付けちゃ、同じことだよ」

ベーシストやギタリストは、アンプ以外の器材をきれいに取り払ってステージを降りたのだ。もうこのステージに用はないという態度が露骨だった。

穂坂は今日何度目かの溜息をついて、楽屋へ向かった。

楽屋の雰囲気は穂坂が想像していたほど険悪なものではなかったが、急にメンバーたちがよそよそしくなったのは明らかだった。まだ彼ら自身どういう態度を取ればいいのか心の整理がついていないのだ。

「すぐ帰るなら休憩中に片付けてくれ。終わりまで待てるならそのままでいい」

「早く帰れるほうがありがたいね」

ベーシスト、ギタリスト、ドラマー、サックス奏者の四人が順に立ち上がってステージへ行こうとした。その場の雰囲気になど針の先ほどの関心もないという口調で橘が言った。

「ドラムだけは片付けないでくれ。後半もちょっと付き合ってほしいんだ」

ドラマーは、ギタリストとベーシスト、サックス奏者の顔を横目で素早く眺めた。

「付き合えと言うんなら、地獄の一丁目だろうが新宿三丁目だろうが付き合いますよ」

穂坂はその態度に苛立ちを覚えた。

「オーケイ。客が帰っちまわないうちに次のステージを始めたいだろう。急いでくれ」

後半のステージはファッショナブルなバーズの客たちを驚かせるに充分なものだった。その驚きの反応が決して好ましいものでないことは、穂坂の眼がプロのものでなかったとしても、明らかだった。

橘はアコースティック・ピアノだけを使い、今までとはまったく毛色の異なる演奏を始めたのだ。

面食らったドラマーが、ようやくそれに付いてゆく。二人の間で当然打ち合わせはあったが、それは、実技に入る前の自動車教習所の運転理論の講義のようなものだった。

この手のジャンルに慣れていないドラマーは、どうやったらいいのか判っていないのだ。

しかも、橘の試みというのは、決して新しいスタイルではなかったのだ。アバンギャルドと呼ぶにはむしろあまりに古すぎる形式だった。

橘はステージ上で、フリー・ジャズの演奏を始めたのだ。目に憑かれたような光が浮かび、両手は鍵盤の上を疾走(しっそう)して、咳(せき)こむようなフレーズが次々と繰り出されていく。

穂坂は舌打ちした。ミキシング・コンソールに付いていた竹松は、急激なピアノのレベルアップとドラムのレベルダウンで、慌ててバランスを取り直していた。

席を遠慮がちに立ち始めたのはベースやギター、サックスのシンパだろう。

橘がエキサイトしていくにつれて、穂坂の心は冷めていった。穂坂は、客の顔色だけが気になっていた。彼はステージが終わったときに橘に対して叩きつけてやる罵(のの)りの言葉をあれこれと考えた。

長い演奏だった。

橘は、全身から汗を飛び散らせてピアノに組みついている。不協和音と出鱈目(でたらめ)なフレーズが、後から後から飛び出し、彼のボルテージはどんどんと上昇していった。

ドラマーもプロフェッショナルの意地を見せて、汗を流しながらどうにか決まりのフレーズをつかんできた。不思議なもので、そういう状態になると、不満げだったドラマーの表情も変化してくる。いつの間にか、ドラマーの目は橘の動きを捉えようと、じっとピアノの方向に注がれるようになっていた。

竹松はコンソールのフェイダーから指を離した。音がまとまってきたと感じたのだが、そう感じたのは彼だけではなかった。

その状態が四、五分続いた後、橘のボルテージがみるみる減少していった。アイディアにつまったようにフレーズが断続的になっていったかと思うと、苦しげに肩で息をし始めた。

やがて橘のピアノは和音をひねり出すだけとなり、ついには長かった演奏のエンディングを迎えた。

ピアノが自然消滅といった形で鳴り止むと、ドラムが、スネア、タムタム、フロアタムと流れてシンバルの一打で締めくくった。

拍手も起きなかった。

橘は鍵盤にぼんやりと目をやったまま肩で息をしている。その困惑した表情に気付いたのは、共演者のドラマーとマネージャーの穂坂だけだった。突然不安に襲われた者の顔付きだった。

「何をやってやがるんだ、あいつ」

穂坂はミキシング・エンジニアの竹松に思わずそう尋ねたが、竹松にそれが判るはずもない。

自信に満ち他人の思惑などまったく無関係といった風情の先ほどまでの橘が、突然また、穂坂のよく知っている繊細で自己主張より周囲の意見に押されがちの橘に戻ってしまったようだった。穂坂にはまったく理解し難い橘の態度だった。

穂坂は立ち上がって楽屋へ帰ろうとする二人のプレイヤーと、フェイダーをすべてオフにする竹松とを同時に見て、ようやく時計に目をやった。

ステージ終了の時間だった。

11

白い部屋には一輪の花すらなかった。それでも充分にその部屋が華やぎ、なまめいてすら感じられるのは、そこにいる四人のうちの一人、岸田麗子(きしだれいこ)のせいだった。

カルダン風のカチッとしたレッドのふちどりのある紺のスーツを着ていても、充分すぎるほど肉体の柔らかさを感じさせる女だ。肌は触れると溶けてしまいそうなほどしなやかで白く、全身の印象はあくまでもスレンダーだった。

総理府内閣調査室の日下部禄郎は、麗子の色香など、道端の雑草ほどにも気にする様子がなく、役人然とした服装と態度でソファに腰かけていた。

精悍な面構えで、発達した筋肉を無理矢理にスーツのなかに押し込めたといった姿勢で窓の脇に立っているのは、格闘家としての腕を頼りに雇われた内調の下請け組織の調査官・南条進一だ。

窓の外から見えない位置に立つのは、この類の人間たちにとっては日常の心配りだが、彼の場合は教えられたことを忠実に実行しているだけといった印象をまぬがれない。そういう行動が彼の習慣となるには、まだまだ相当の時間と経験が必要だった。

日下部に従属することで、学会における優位な立場を約束された医学博士の百瀬祥三も、不幸な雇われ調査員であることに変わりはなかった。脱税対策で私腹を肥やす開業医たちのように世渡りが得意ではなく、日下部に生死すら握られているという泥沼に自分が足をつっ込んでいることを知りながらも、どうすることもできないというタイプの男だった。

日下部は、三人の顔を見回して溜息をついた。

——こいつらで大丈夫なのだろうか——

一番頼りになりそうなのが紅一点の岸田麗子だった。これが今回の日下部のプロジェクト・チームなのだ。

　わけの判らない指令に割り当てることのできる人材はこれで精一杯だった。

　米国の曖昧な態度も悪い。日本の官僚機構のいい加減さも悪い——日下部はもう一度溜息をついた——それを今さら……。

「極秘の連絡事項だ。文書はすべて処分された。そのつもりで聞くように」

日下部は気を取り直して言った。とにかくこのメンバーでやるしかない。機密漏洩（ろうえい）の危険は最小限にとどめなければならない。チームの人事をやり直すなどもってのほかだ。しかも、メンバー・チョイスを再考したところで、さらに優秀な人材が集まるという確証はどこにもない。カミソリのような目をして一分の隙もないプロフェッショナルの集団などというのは、スパイ小説や映画の常識となっているが、実際にはそうもいかない。人材は、常にどこでも不足しているものだ。

「我々の調査対象である三二〇－五〇〇七二についてCIAから内閣調査室へ新しい〝依頼〟があった。この依頼は前回の調査活動の報告をもとにしたものだ。三二〇－五〇〇七二はCIAが探し求めていた仮想の人物とほぼ百パーセント合致することが検討の結果明らかにされた。

　三二〇－五〇〇七二は、我々の陣営にとって特Aクラスの重要人物であるという結論が下された」

三人は無言のままで日下部を見つめているが、彼らの頭に浮かぶ疑問符が日下部にははっきりと見て取れた。

「三二〇－五〇〇七二が特異な人物であることは、前回のレポートで百瀬博士が述べてくれたとおりだ。このファイル・ナンバーは米国の正式な登録ナンバーだ。また、CIAからの書類に記されていた彼のコンピューターによるサンプリング・ナンバーは六桁におよぶものだった。つまり、彼はどう少なく見ても、十万以上のサンプルのなかから発見された男ということになる」

――判ってるのか、これは、国家的な重大任務なんだ。たったこれだけの、しかも半分素人としか言えないおまえたちとやってのけねばならないんだぞ――日下部は、そう口に出して怒鳴ることができたら、さぞかし気分がすっきりするだろうと思った。

一時的であるにせよ、この苛立ちを晴らすためにならそうしてもかまわない――彼はその誘惑をこらえて、役人然とした態度をとることに力を注いでいた。

新しい指令が発せられるまでは、こんな苛立ちは、彼も感じてはいなかった。

任務の過酷さを本当に理解できるのは現場の人間だけだ。上層部は理不尽な要求を出してくるだけで、責任をすべて現場の人間に押しつけようとしてくる。それが官僚機構だ。今回の指令はまさにその典型だった。

冷静さを装いながら日下部は言った。それくらいの演技は彼にとっては造作もないことだった。

「三二〇－五〇〇七二についてさらに詳しい情報を先方は求めてきている。彼の身辺の調査を進め、特に百瀬博士は、一層データの詳細な分析を継続して行なってほしい」

三人が同時に発言を求めた。日下部は一瞥してそれをさえぎり、語調を強めた。

「東側の人間が橘章次郎に興味を持つことは必至だ。CIAの第二の要求は、日本国内で橘章次郎に関する東側の動きを牽制し、東側の動向を報告することだ」

三人は首を動かすことすら忘れてしまったように日下部を見つめていた。南条は自分の目玉が緊張のため飛び出さんばかりに見開かれていることにも気づいていない。

日下部はゆっくりとその三人を眺め回してから溜息をついた。

「質問を受けよう。一人ずつだ」

彼は一番無表情な岸田麗子を見た。麗子は一度目を伏せてから、あらためて色の淡い瞳をまっすぐに日下部に向けた。

「東側の人間というのはKGBを始めとする機関の非合法工作員たちのことも含めて考えなければならないのですか」

「そうだ」

「東側の動きを牽制する、というのはイリーガルズたちとの衝突も意識しなければならないという意味ですね」

「そのとおりだ」日下部は大きく呼吸をして言った。「当然、その際の責任は一切我々で負わねばならない。CIAや米国政府はおろか、その件に関しては我が国のいかなる機関もいかなる法律も我々を助けることはできないのは知ってのとおりだ」

言い終わると日下部は南条を見た。南条は唇をなめてから注意深げに口を開いた。

「その橘章次郎というミュージシャンは、いったいどういった重要人物なのですか」

「ある世界的な一大事業があり、その準備のためにCIAにとってなくてはならない人物だということだ。それ以上のことは知らされていないし、また今回の我々の役割にとって知る必要のないことだ」

「あんな音楽屋の若造がCIAにとっての重要人物ですって。いったい彼らは何を考えているのですか」

「彼がいたって特異な人間であることは我々自身がレポートしたことだ」

「それじゃあ、CIAはおとぎ話を真に受けたわけですか」

「おとぎ話ではない。彼の特異性をまぎれもない事実として目のあたりにしたのは、ほかでもない我々だ。そうだろう。そして君は胸と頭に全治二週間の怪我をしたんだ。CIAが必要としているのはその特異性に間違いない」

南条は言葉を失い、百瀬博士の顔をちらりと見た。日下部はそれで南条の質問を打ち切った。

「細かなデータの分析をしろと言われましても」

百瀬は南条と日下部の顔を交互に見ながらおずおずと言った。

「健康診断をするのとはわけが違います。あまりに資料が少なすぎます。彼からデータを取るのに利用できたのはたったの三日、いや実質的には丸二日しかなかった。それに総合的な分析をするには、それぞれの分野の専門のスタッフも必要ですし……」

「我々は大学の研究室にいるわけではない。限られた枠内で最大限のことをやってのけねばならないのだ。手持ちのデータでできるだけ多くのことを洗い出して欲しい。施設が必要なら手配する。スタッフが必要なら、私の管轄の範囲内で動かせるだけの科学者を都合しよう」

「私が調べなければならない事柄のなかに、例のアレイだとかウォニだとかいうことも含まれるのですか」

「それは必要ない。その依頼はＣＩＡからは来ていない」

――そのことは米国の機関が独自に調査している――その言葉を日下部は呑み込んだ。三人をこれ以上混乱させるのは避けなければならないと彼は判断したのだ。

百瀬は何か言おうと口を開いて息を吸い込んだが、あきらめたように目を落とすと「判りました」とだけ言った。

「橘章次郎に関してその後判ったことは」

「特にはありません。あの特異体質については依然として謎です。ただ、ビタミンB群、ビタミンCならびにビタミンEの血中濃度が常人の三倍近くあることを発見しております」

「どういうことなのか説明して欲しい」

「端的に言えば、老化しづらく疲労しにくい体質ということです。例えば、動物は疲労によってカルニチンの血中濃度が著しく減少してゆきます。ビタミンCはタンパク質に働きかけて、このカルニチンを作り出す作用をします。ビタミンEは血管や細胞を活性酸素から守る働きをします。また、筋肉の収縮はATPによって行なわれますが、これは筋肉や肝臓内でピルビン酸からクエン酸などを合成するクレブス回路で作られます。このクレブス回路にビタミンB_1が不可欠なわけです。彼の異常な筋肉の効率の良さも、もしかしたらその点で説明がつくかもしれません。もうひとつ、ビタミンCは最低五十以上の代謝に関与していますが、一方インターフェロンという物質を作るのに不可欠なものとされています。このインターフェロンは、DNAの遺伝情報がRNAによってリボソームにコピーされる際に関係する物質です。もし、彼の意識下にあった記憶が、我々にとって未知の遺伝形態だとしたら、このインターフェロンとビタミンCの働きによって糸口がつかめるかもしれません」

「我々の管理下に置かれる前に、たまたま彼がビタミン類を多量に取っていたというようなことはないのか」

「ビタミンは体内の飽和量を越えると通常は尿と一緒に排出されてしまいます。また、私は一切そのような投与はしておりません。にもかかわらず、彼は我々のところにいた三日間とも、異常なビタミン類の血中濃度を示したわけです」

「なるほど」

「もうひとつ……。彼の代謝系や循環系などの生命活動は独特のリズムを持っていることが判っています。一日のうちでかなり大きな差が見られるのです。これは、精神状態に及ぼす影響も大きいでしょう」

「どういう意味だ」

「この時間帯による差異は多分我々が行なった心理的処置によって生じた彼の一連の変化の一環です。彼の自我意識は生理的なリズムの大きな波によって、現時点で大きくかき乱されているに違いありません。一時的なものでしょうが、彼はきわめて単時間に繰り返す躁鬱状態にさいなまれているはずです。いずれは克服される類のものではありますが。そしてそれが克服されたとき、彼はまさに超人と呼んでさしつかえない自信と体力を自分のものにするでしょう」

「……判りやすく言ってもらえないか」

「いいでしょう。きわめて判りやすく言いますと、今の彼はジキルとハイドなのです」

三人は眉をひそめた。百瀬は続けた。

「彼は、今や、突然の目覚めにとまどっている幼な児も同然です。体力的な覚醒に精神がついていけないのです」

「それは確かなのだな」

「ほぼ九十パーセント確実です」

「どうしてそんなリズムが生じるのだろう」

「判明していません。わずかばかりのデータを取っておりますので、それを今コンピューターにかけ、他の様々な周期と照らし合わせているところです」

「先ほどのビタミンの血中濃度の話と合わせて、それらの秘密が明らかにされる見込みは？」

「世界中のそれぞれの分野の権威をかき集めて――」百瀬は肩をすくめて見せた。「莫大な費用と時間をかけ、橘章次郎というサンプルの全面的な協力があれば難しいことではないでしょう」

「結構だ。だが我々にはそのいずれも不可能だ。限られた時間でできるだけのことをやって欲しい」

「ノーベル賞をもらうより大仕事だ」

日下部は百瀬が洩らしたその不満を無視した。

で頷いた。

「もうひとつ質問してもいいですか」

南条が釈然としない表情で新兵が軍曹に尋ねるような口調で言った。日下部は目だけ

「それほどＣＩＡにとっての重要人物なら、どうして彼ら自身で調査をしないのですか。彼らがその気になれば手はいくらでもあるはずじゃないですか」

日下部はゆっくりと顔を上げて正面から南条を見つめた。

「そう。彼らはやろうと思えばいくらでもできる。そうしてくれれば我々はＫＧＢを始めとする物騒な連中と関わり合う危険を冒さずに済むわけだ」

「別にそういう意味で言ったのでは……」

「彼らはいくらでも方法を持っている。この日本の国内でスパイどもを自由に動かし、我々と同じ日本人である橘章次郎を捕え、おもちゃのように扱うことだってできるかもしれない」

日下部の口調はわずかに激しさを増してきた。

「秘密裡に彼を出国させ、ラングレーまで運び、彼をモルモットにすることもできるかもしれない」

南条は日下部が言おうとしていることが呑み込め、愚問を発したことを反省した。日下部はその南条を見すえたまま言った。

「いくら隣人であるとはいえ、自分の家の庭で勝手な真似をさせるわけには断じていかんのだ」

三人は自分たちのリーダーが、冷徹な役人を装ってはいるが、実はかなりの情熱家であることを知った。

「具体的な行動計画は後日正規の連絡ルートを通じて知らせる。今日は解散だ」

まず最初に岸田麗子が戸口へ向かい、次に百瀬がそして南条が続いた。

三人が出て行った後、日下部は初めて煙草(たばこ)を取り出し、あちらこちらのポケットをさぐってようやくマッチの箱を見つけた。

最後の一本だったマッチで煙草に火を点けると、彼は深々と甘いはずの煙を吸い込んだ。

12

すっかり忘れかけていたような場所へ、久し振りに出かけてみると、今なおそこでたくましく生活が営(いと)なまれているのを発見し、不思議な驚きと胸に迫るなつかしさを覚えるものだ。

橘は三年振りに新宿歌舞伎町にある『クロ』というジャズのライブスポットに足を運

んだ。湿った臭いも、きしむ階段も、はがれかけた壁紙も、そしてそれを眺めている橘の胸中も三年前と同じだった。

前日に出かけた西荻窪のライブハウスや、その二日前に顔を出した吉祥寺の店もそうだったが、今でも『クロ』では、最小限の楽器をフルに使いまくる肉体派ともいえるジャズマンたちが活躍を続けていてくれるのだ。

クロの従業員たちは橘を幽霊を見る目付きで迎えた。

「どうした風の吹き回しだい」

「あんたは、ここへ来るような人じゃなくなったと思っていた」

ここしばらくの間で、橘はこの類の言葉の冷たい響きに慣れてしまった。

「久し振りに武田さんのドラムを聴きたくなっただけさ」

「噂は聞いてるよ。マイアミ・ジャズ祭からお呼びがかかったんだってな。そのためにグループを組み直すそうじゃないか」

橘は曖昧な苦笑を浮かべてそれに答えた。他人の目にはそう映って当然だった。一度言い訳を始めると、とことん話し合わなければ判ってもらえそうにない。橘はそんな手間を日に何度もやれる自信がなかった。

よそ者を見る目付きの従業員たちに軽く手を振って、その脇をすり抜けると、橘は、ステージから見て左手端の席に腰を降ろした。そこからは、ドラムセットを正面から見ることができる。

武田巌男は橘の学生時代のアイドルだった。そのドラミングを初めて見たのは、もう十年も昔のことだ。

当時、フリージャズのトリオだった武田巌男のグループが、音大でふらふらしていた橘に、その後の歩むべき道を決定させた。

ステージに現れた武田を見て、橘はタイムスリップを感じた。あの頃とまったく変わらずに、これから始まる演奏への期待に胸を躍らせている自分に気づいたのだ。

演奏は十年前とは違い、ほとんどがフォービートの曲だったが、武田巌男の自由自在にスティックを操るドラミングや、雪崩のようにフレーズをたたみかけるドラム・ソロは、橘の心に学生時代そのままの情熱を呼び起こした。

橘はくい入るように武田を見つめ、むさぼるようにその音を聴いた。その目に歓びと自信の色が浮かび始めていた。

「俺とデュオを組んでもらえませんか」

それだけのことを言い出すのに、橘はひどく遠回りをした。演奏終了後、楽屋口で武田の帰りを待ち、歌舞伎町の飲み屋に誘い、苦手な世間話をしなければならなかった。

「聞いてるよ。グループを解散して、フリーみたいなことをやり始めたんだってな」

武田巌男は、ひきしまった筋肉質の上体を折り、短く刈った頭髪を軽く左手でなでてから、直接橘の要求には触れずにそう言った。

「正確に言えば、まだやり始めたわけではありません。六本木のバーズで一度だけ試しにやってみただけです」

「それでスタッフたちに白い目で見られた……」

武田はややもすれば残忍なイメージを与える大きな目をテーブルの上に伏せた。

「そうです」

橘は認めざるを得なかった。

「自分がやろうとしていることを認めてくれる人間は誰もいなくなった。事務所にも行きにくい。自然にスタジオの仕事は回って来なくなる。それで、いわば古巣のジャズの店を回って味方を探している――そういうわけか」

「ここらで自分に素直になってみようと思ったのです」

「今までのキャリアを棄ててか。これまでの自分のスタイルが不満だったのか」

「これまではそうではありませんでした。面白味は感じていたし、スタッフともうまくいっていた。でも、少しばかり変わってしまったのです」

「何がだ。何がどう変わったんだ」

「それは……」橘は言い淀んだ。「よく判りません」

武田巌男は小さく溜息をついて橘を見た。

「気まぐれだったら、今すぐスタッフのところへ戻って、もとのメンバーとグループを組み直すことだ」

「気まぐれでないとしたら、一緒に演ってくれますか」

「その言葉をたやすく信じるわけにはいかないな」

「信じさせてみます。僕が変わったということを」

武田巌男は橘から目をそらした。

「いいだろう。もし、あんたが変わったとする。プレイヤーはそう簡単にスタイルや方法を変えられるものじゃないが、そうやって飛躍的に進歩し続けるプレイヤーもいる。もしそれが本気だったとしよう。それでもやはり無理だろう」

「俺のキャリア不足のせいですか」

「それは関係ない」

「だったらどうして……」

武田は、短髪の頭をうつむき加減にしたまま言葉を選んでいるようだった。

「言って下さい」

「問題はあんたのほうじゃない。俺のほうだ」

武田はゆっくりと顔を上げて、ビールをあおった。そしてぽつりと言った。

「年を取っちまったんだよ、俺も」

橘は返す言葉も見つからず、武田を見つめたままでいた。

武田は伝票を取って立ち上がった。橘はぼんやりとそれを眺めていたが、「行こうか」という武田の声にうながされ、ようやく腰を上げた。

靖国通りへ出てタクシーを拾うまで二人は無言で歩き続けた。

武田はタクシーに乗り込もうとするときにふと振り返って何か言おうとした。ほんの一瞬のためらいの後で、それはありきたりの別れの挨拶になってしまった。

武田を乗せたタクシーは去って行った。橘は、それを見送った後、飲み直すかこのまま帰るかを選択するため、しばらく酔漢が行き交う歩道に立ち尽くしていた。

このまま帰ってベッドにおさまれる気分ではなかった。

彼は踵（きびす）を返して新宿コマ劇場の方向へ歩き出した。

三十七歳という年齢は、ジャズマンにとって年を取ったと言わねばならないものなのかどうか、橘は真剣に考えた。

コマ劇場を正面に見て右の小路（こみち）へ折れようとしたとき、橘は自分の半歩後ろに寄りそうように歩いている女に気付いた。

橘は立ち止まった。

岸田麗子は橘をうながし、歩き続けた。

「立ち止まらないで。尾けられているわ。黙って私の言うとおりに歩くのよ」

「尾けられているだって。何のことだ。あんたはいったい……」

「いいから早く」

麗子は橘の腕を抱えて歩を速めた。

「振り向かないでね」

橘は人混みのなかを、麗子に誘導されるままに歩いた。二人は、ゴールデン街の小路を通り抜け、路上に駐車してあった白のフォルクスワーゲン・ゴルフの脇へやって来た。

「乗るのよ」

麗子は運転席のドアを開けてシートへ滑り込み、助手席のドアを開いた。

「説明しろ。どういうことなんだ」

「いいから、早くして」

麗子の語調は厳しく、切羽つまっていた。

命ぜられるままに、橘はゴルフのナビゲーター・シートにおさまった。

麗子はエンジンをひとふかしすると、性急にクラッチをつないだ。タイヤをきしらせて、ゴルフは発進し、新宿区役所通りから靖国通りへと抜けた。

「何がどうしたというんだ」

橘の声はうろたえていた。

「後ろを見てごらんなさい」

麗子はルームミラーに目をはしらせた。かなりのスピードで三光町から甲州街道へ抜けたゴルフを、ぴったりつけてくる2000ccクラスのヘッドライトが見えた。

「あの車がどうかしたのか。説明してくれ」

「あなたは自分の身の危険に鈍感な人みたいね。あなたは、あの二人組にずっと尾けられていたのよ。へたをすれば、明日の朝にはクレムリンで目を覚ましていたかもしれないのよ」

「どういうことだ」

「スパイ小説には興味がないようね。彼らはソ連国家保安委員会のエージェントよ」

「何だそれは」

「KGBと言えばあなただって知っているでしょ」

「何だってそんな連中が俺を尾け回さなければならないんだ。だいいち、あんたたちはいったい何者なんだ。いったいこの俺に何をしたんだ」

「それは答えられないわ」

路上に人通りはなかった。橘はもう一度振り返って尾けて来る車のヘッドライトを見た。

「どこへ行く気だ」

「考えてないわ。とにかく連中をまかなくちゃ」

「滅茶苦茶だ」

「これしか方法がなかったのよ」

「いいや方法はまだある」

橘の声が不意に低くなったように感じ、麗子は横目で彼の顔をうかがった。

麗子は眉をひそめた。麗子をじっと見すえている橘には、ついさきほどまでのおどおどした様子がなかった。

「もう沢山だ。これ以上わけの判らないことに関わり合うのはごめんだ」

麗子は橘の変化を観察し続けたいという思いをこらえて、運転に神経を集中した。

「車を停めろ」

橘が言った。形勢が逆転しつつあった。

「停めてどうするのよ」

「いいから停めるんだ」

「ばかなこと言わないで。連中はそこいらのチンピラとは違うのよ」

「ヤクザだろうがマフィアだろうが同じことだ。停めろ」

橘は、白く細い麗子の首に右手を伸ばした。

「何をするの」

「車を停めないとこの細い首を握りつぶしてやる」

「そんなことをすると私と心中よ」

「どうかな」

かけひきは橘の勝ちだった。麗子は左のウインカーを出すと、スピードを落とした。後ろに続いていた車もウインカーを点滅させた。

停車すると同時に、橘はガードレールを越えて歩道に飛び出した。

背の高い体格のいい二人の男がブルーバードから降りて来た。二人は日本人ではなかった。彼らは、並んで歩道に立ち、じっと橘を見つめている。二人のKGBの腕ききに向かって橘はゆっくりと近付いていった。

麗子は舌打ちした。素人はこの手合いの恐ろしさを判っていない。彼女は、バッグから二二口径を取り出し、安全装置を外した。

橘は二人組の三歩手前で立ち止まった。二人は似たような灰色の瞳で彼を見降ろした。

「これ以上俺に付きまとうとただじゃ済まんぞ」

橘の口調はこけ脅(おど)しの芝居臭さがまったくなく、ただ事実をそのまま伝える淡々としたものだった。

KGBの工作員たちは、小さな目配せを交した。鋼鉄よりも頑丈な自信の壁が彼を支えていた。

次の瞬間、二人は左右から橘の後方へ回り込み、一人がその両腕をおさえ、もう一人が橘の抵抗力を失わせるために、首筋へ手刀を叩き込もうとした。

麗子は車から降りて、車の屋根越しに拳銃のねらいをつけた。三人が重なり合っている上に、街灯の光だけでは照星(しょうせい)が見にくい。

麗子が再び舌打ちしようとしたそのとき、二つの影が目標物を失って慌てる様が見えた。

橘が移動した位置は、二人に対して絶妙の間合いだった。

橘はそこから半歩踏み出し、思いきり体重を乗せたフックを一人のボディーに叩き込んだ。見るからに重そうなその男の両足が宙に浮いた。

振り向きざまに、橘はもう一人の顔面にストレートを見舞った。男の高い鼻がひしゃげ、口と鼻孔から血がほとばしって歩道に黒いしみを作った。

男はそのままガードレールを越えてふっ飛び、転倒してブルーバードのエンジンルームに後頭部を強打した。車が悲鳴を上げた。

「驚いたわ」

ゴルフへ戻って来た橘に恐怖の眼差(まなざ)しを向けて、麗子は言った。橘から野獣の体臭がにおった。体つきまでが変化したように麗子には感じられた。

「そっちへ乗るんだ」

橘は麗子に命令した。麗子は言われた通りに助手席へ移った。

橘はゴルフのハンドルを握った。

「待って」麗子は言った。「電話を掛けたいの」

橘は無言でゴルフを急発進させ、二百メートル先にあった公衆電話の脇にぴたりと付けた。

「味方を呼んだってだめだ。今のを見ただろう。今度はあんたに訊きたいことがあるんだ。山ほどな」

麗子は唇を咬み、冷たい表情を作った。

「そんなんじゃないわ。あの二人の処理を頼むのよ。あのままにはしてはおけないわ」

橘はぎらぎらと光る目で麗子を睨んでいた。女性の本能的な恐怖を刺激する目の光だった。彼女はそれを無視しようと努めた。

電話ボックスに入りながら麗子はＫＧＢの連中が自分たちと同一の目的のために動いていることを確信した。

彼らは発砲しようとすればできたはずだ。橘にあっさりと倒されてしまったのは銃を使用して橘を死亡させることを禁じられていたからなのだ。

麗子は計画が順調に進んでいることを報告した。形はどうであっても、ともかく指令どおり橘と個人的〝接触〟を持つことができたのだ。今後は彼女の腕しだいだった。

13

「いったい俺に何をしたんだ。あんたたちは何の目的で俺の周りをうろつくんだ」

部屋に入ると、橘は一息つく間も与えず麗子の腕をつかんで詰問した。

アップライトのピアノの上にあるデジタルの目覚まし時計が十二時五分を指していた。

麗子は橘の手の熱さを感じながら、何も言わずにただ髪の乱れた橘の顔を見つめていた。

「言うんだ。いったいこの俺に何が起こっているのか」

橘は麗子の腕を握っている手に力を込めた。彼の興奮がその手を通って麗子に伝わってくる。

「痛いわ」

麗子は眉を寄せて顔をそむけた。

橘は手にさらに力を入れた。

「こんなんじゃ、話もできないわ」

もがきながら麗子は言った。かすかにだが、声にすねるような響きがあった。

罵りの言葉を吐き出すと、橘は麗子の体をベッドの上に投げ出した。彼女は小さな悲鳴を上げた。

彼女の体は軽々と飛んで行き、ベッドの上で大きくバウンドした。一瞬だが、スカートのなかが露わになった。

「何て力なの。女の扱いを知らなすぎるわ」

髪と服装の乱れを整えながら、麗子は憤りの表情をして見せた。

「ちょっと前までは非力なバンドマンだったんだよ。フェミニストのな。だが、あんたたちにつかまってからこうなった。さあ、何をしたのか言ってもらおうか」

橘は言いながら彼女に迫り、その両肩に手をかけてベッドへ押し倒した。

「何をするの」

「答えてもらうためなら何でもするさ。その細い首を握りつぶしてやってもいい」

この男は、麗子が事前調査で知っていたおとなしい繊細なキーボーディストとはまったくの別人だった。

コロンの香りの代わりに、彼は荒々しい男の体臭を発散させていた。

「待って。私たちはただあなたからちょっと訊きたいことを答えてもらっただけよ」

「何かを注射しただろう」

「正直になってもらうためだわ。あれは、ただの中枢神経の鎮静剤よ。副作用だってないはずよ」

「じゃあ、どうして俺は変わったんだ」

「知らないわ。私のほうが教えて欲しいわ」

「知らばっくれるな」

「本当よ」

「じゃあ、俺に何を訊こうとしたんだ」

「言えないわ」

「俺を怒らせるな。自分でも何をやらかすか判らないんだ」

「私たちはただの下請けよ。何も知らないのよ」

橘は引きちぎるように麗子のブラウスのボタンを外した。麗子の抵抗は橘の頬にひっかき傷を作っただけだった。

鎖骨からふっくらとした曲線が谷間に向けて流れている。そこが大きく上下していた。橘はその胸を覆っている下着を力ずくでむしり取った。麗子は脇腹に一瞬激痛を感じてうめいた。

束縛を取りはらわれてはじけるように飛び出した二つの丸いふくらみが、麗子の体の動きに合わせて小刻みに揺れている。その上を橘の指と舌と唇が這い回った。麗子はのけぞってそれから逃がれようとした。

橘の左手はスカートのすそへ進み、ストッキングの上を動き回った。麗子の全身が汗ばんできた。肌が吸いつくような感触になってくる。

やがてその手がストッキングごと小さな柔らかい下着をはぎ取った。左手はさらに動き、ごわごわとした感触と熱くぬめる感触を同時に探り当てた。

麗子の体の動きが激しくなった。

橘は彼女の両足を開き、その間に腰をねじ込んだ。スカートをたくし上げたまま、橘は強引に彼女のなかへ入って行った。

麗子は小さな短い悲鳴を上げた。橘の激しい動きを感じながら、麗子は心のなかで微笑していた。

こうなれば、訓練を受けている彼女のペースだった。十中八九、彼女に勝てる男はいない。相手が橘のように若い男ならなおさらだ。

彼女は微妙に腰をひねって性技のひとつを披露し、橘への刺激を強めた。とたんに彼の動きがぎこちなくなり、やがて彼は果てた。急に橘の体が重くなる。麗子はそのまま彼を締めつけてやった。

彼女は橘の荒い呼吸音のなかで勝利の気分を味わっていた。——じっくりと仕上げにかかろうかしら——彼女はそう考えた。

それもつかの間だった。

なかに入ったまま橘が急速に回復してきたのだ。音が聞こえるかと思えるほどの荒々しさだった。橘は再び体を動かし始め、麗子に情け容赦ない攻撃を開始した。

麗子はプライドをかけて、あらゆる技術を駆使(くし)した。

しかし、勝利は橘のものだった。

ついに麗子は屈服し、悲鳴を上げた。

「もう勘弁して。もういらないわ」

何年もの間発したことのない言葉を彼女は激しいあえぎの合間に口にした。

「さあ、言ってもらおうか。いったい君たちは何者で、俺から何を探ろうとしているのか」

麗子が口を開いた。唇がけいれんするように震(ふる)え、言葉にならない。

「お楽しみはそこまでだ」

寝室の入口に二つの影があった。

橘は動きを止め、ゆっくりと麗子から離れた。麗子はとたんにぐったりと力を抜き、肩で息をした。

橘はベッドに起き上がってその影を睨みすえた。

「何だ、おまえたちは」

冷笑を声に含ませながら、やや小柄で恰幅のよい影のほうが答えた。

「私たちの大切な仲間に着替えを持って来たのだ。そのままじゃ、帰ることもできんからな」

「なるほど。たいしたものだ。どうやら俺はここに送り届けられた日以来、二十四時間の監視付きだったようだな」

身づくろいをしつつ橘は言った。

「私の部下を解放してもらいたい」

日下部が言った。

「その上で話をしよう」

「抵抗しても無駄だ」

南条が不必要な凄みをきかせた。

「大切な家具を壊すような真似はしないよ」

橘はジーパンをはくとベッドから立ち上がった。

彼が部屋を出てダイニングキッチンにあるテーブルの椅子に腰掛けるまで、南条は目をはなそうとしなかった。

日下部は衣類の入った紙袋を、ベッドに横たわったままの麗子に投げた。

14

「我々はある国家的な組織からの依頼で君の調査をさせてもらった。多少無茶な手を使わせてもらったのは、依頼主が非常に事を急いで常識では考えられないほど多くの事項をきわめて短期間で報告するよう要求してきたためだ」

冷蔵庫から取り出した缶ビールを飲みながら白木のテーブルの椅子に腰掛けている橘を前に、立ったままの日下部は話し始めた。麗子と南条も、その後ろに立っている。

「考えてみれば、我々は君に事情を話すなとは言われていない。君を敵に回す必要もない。ちゃんと話をしておくべきだったかもしれない」

南条が日下部の横顔を不審そうな顔で見た。彼にとってみればCIAからの依頼というのは、すべて自分たち以外に明かしてはいけないトップシークレットのはずだった。

「秘密で行動を取り続けられればそれに越したことはなかった。だが、君のスーパーマン振りがそれを不可能にしてしまった」

日下部は橘を睨みすえたまま語り続けた。

「君は我々のことを知らずに、眠り続けたまま六本木の街角で姿を消し、自分の部屋で目を覚ますはずだった。だが、君は異常に早く意識を取りもどした。それと同時に、特殊な君の潜在能力までもが目覚めてしまった」

「顔を知られたからには消してしまうのがあんたたちのやり方じゃないのか」

橘は挑発(ちょうはつ)した。

「正直言ってそれを考えなくはなかった。その準備もした。だが、依頼主の要求はこうだった。『対象の人物を殺すな。殺させるな』我々はそれに従った。もっとも、殺そうとしてもはたしてできたかどうかは疑問だが」

「簡単だったはずさ。俺はこの通り生身の人間だ」

「我々にはとてもそうは思えない。依頼主もだからこそ我々に性急な調査を要求したのだ。君は我々のところで眠っている間に超人に変化したのだ」

「俺に何をした」

「さっき、私の部下が君に言ったとおりだ。君はもともと持っていた力を目覚めさせたにすぎない。そうとしか考えられない」

「どうも話に矛盾がある。あんたたちの依頼主は俺がその超人とやらだと思い込んで調査を依頼してきたわけだな」

「そうだ」

「その調査の過程で俺は変わっちまったわけだ。それは俺も認めるとしよう」

日下部は頷いた。

「ということは、つまりあんたたちが俺をつかまえる前は、俺はいたって普通の人間だったわけだ。しかも軟弱なミュージシャンだ」

日下部は再び無言で頷いた。

「俺は、あんたが何と言おうが自分が特殊だなどと思ったことはなかった。おかしいじゃないか。あんたの依頼主は何で俺が特別だってことを知っていたんだ。俺は自分でも知らなかったんだ。今だって思ってやしない」

「いや、君は知っていた。忘れようとしていただけなのだ。幼かった君は、そのために心を閉ざして入院した。その病院の記憶ごと消し去ることで、君は現在の心理的バランスを手に入れたのだ」

「なんだって……」

「そして、これも信じてもらわねばならない。依頼主はもう何年も前から君を探し続けていたということだ。彼らはこの日本で、きわめて特殊な能力を持つ人間が生まれ、いつかはその能力を開花させる時が来ることを知っていた。しかも、彼らはこの日本の外にいる人間たちだ。君が我々のもとでその目覚めを果したのは確かに偶然かもしれない。だが、彼らはその時が来るのを知っていたのだ」

これは南条と麗子にとっても初耳だった。橘はその二人の動揺を見て取った。

「なぜだ」

橘は言った。

「それは我々には判らない」

「あんたたちはそれを知ろうとしないのか」

これ以上のごたごたはもう沢山だからな」

「必要がないだと。人のことだと思ってよく言うよ。これ以上のごたごたはもう沢山だからな」

「我々にとって必要がなかった。これまではな」

「これまでは……」

「そう。我々はこれまで似たようなことをいくつも手掛けてきた。それが我々の任務だからな。だが今回は少しばかり事情が違うようだ」

「どういうことだ」

橘は疑しげな目つきで訊いた。麗子も南条も橘と同じ気持ちだった。

「混乱しきった依頼主からの仕事を我々は引き請けるわけにはいかない」

この日下部の言葉に反応したのは橘ではなく、残りの二人のほうだった。日下部は続けた。

「今回の依頼は最初から滅茶苦茶だった。一番目の要求の内容とその報告期日も無茶なものだった。それに続く要求にもまったく一貫性がなかった。これは今までにはあり得なかったことだ。我々の依頼主は正確な情報の処理と、その計画性だけを頼りに年間八億ドルもの予算を使う組織だ。それがどれほど徹底した管理体制を物語るか君にも想像がつくだろう。だが、今回だけは彼らは非常に取り乱しているように我々には見える」

「ＣＩＡか」

　橘はまるで現実感のないまま言った。

「隠しても仕方のないことだ。何らかの事情でＣＩＡの内部は混乱をきたしている。私はその確信を得た。そのままの状態で、私は部下の命を危険にさらすことはできない。そして君の命もな」

「一度は殺そうとしておきながらか……」

「事情が変わったのだ。私はそれを説明しているつもりだが」

「信じろというのか、あんたたちを」

「君の自由だ。しかし、我々は説明した以上、君の協力がぜひとも必要になった」

「いよいよもって、俺は知りすぎた男というわけだ」

「そんなつもりはない」

「じゃあ、なぜ話したんだ。俺にこんなことを話すこと自体、あんたたちにとって取り返しのつかないことにもなりかねないんじゃないのか。素人の俺にだってそれくらいは判るぜ」

　橘は日下部を睨み付けた。相手に嘘をつかせまいとする彼にとって精一杯の凄みだった。

　南条と麗子も日下部の横顔を見つめていた。彼らにとって重要だったことが、その上司である日下部によってあっけなくつき崩されてしまったのだ。彼らは次の一言を待った。

「君はパスポートに書かれている日本国政府のメッセージを知っているかね」

橘は表情を変えずに日下部を見つめている。

「日本国民である本旅券の所持人を通路故障なく旅行させ、かつ、同人に必要な保護扶助を与えられるよう関係の諸官に要請する――これはたてまえで書かれているものだとは、決して私は思いたくない。これが、君に事情を説明した理由だ」

橘は思わず頬に皮肉な笑いを浮かべた。

「とんだロマンチストだ」

「何とでも言いたまえ」日下部の話しぶりは一層官僚らしさを増した。「とにかく我々は君の協力が今まで以上に必要になった。さもなければ、君の身の安全を我々は保障することはできない」

橘はビールのアルミ缶を音をたてて握りつぶすと深く息を吸い込んだ。彼が口をひらこうとしたとき、テーブルの上の電話が鳴った。

「日下部というのはあんたか」

電話に出た橘は言った。

「自己紹介が遅れて申し訳ない。内閣調査室の日下部禄郎だ」

橋は黙って受話器を突き出した。

電話は百瀬からのものだった。

あいづちも打たずに報告を聞いた日下部は、電話を切る間際に一言だけ言った。

「判った。これから帰って詳しく聞こう」

勝手に自分の家の電話を連絡用に使用されたことが、橋には不愉快(ふゆかい)だった。

「夜分失礼した。今夜はこれで引き上げさせてもらう」

「ほっとしたよ。また監禁でもされるんじゃないかとひやひやしていた」

「また近いうちに会うことになると思う」

「そうならないことを願っている。もう沢山だ」

日下部はゆっくりと橋の目の前を通り過ぎて出入口のドアに向かった。二人の部下がその後に続いていた。

麗子はまるで何もなかったような事務的な顔をしている。橋はその態度が気に入らなかった。

彼は三人が出て行くまで背を向けたままでいた。

15

永田町の庁舎に戻った日下部は、待機していた百瀬博士の色を失った顔をうかがい、自分のデスクに着席した。二つの棟に分かれたこの総理府のビルは、どんな時間でも必ずどこかの部屋の明かりが点っている。

百瀬の顔色が悪いのは、疲労のせいと慣れないしかも重大な任務の緊張感によるものだった。

午前三時を回っていた。日下部は百瀬を休ませなければならないと思った。

彼は謀略活動のプロフェッショナルとして訓練を受けているわけではない。命令によって動かなければならない人間は自発的な目的で動く人間の三倍から五倍は疲れるのだ。

「何か判ったか」

日下部も体中にべっとりとへばりついた疲労を感じた。

「間違いなく彼らはソ連の人間です。あなたの組織の人々が彼らを例の〝病院〟へ運んだ後、私は協力して彼らの尋問にあたりました」

百瀬の言葉はぴりぴりとした緊張を感じさせた。日下部は煙草をすすめてやった。

「橘を追い回す目的は判ったか」

「彼らは橘をCIAの秘密兵器と思っている様子でした。私は詳しくは知りませんが、諜報活動にはESPつまり超常能力の持ち主を活用することがすでに実際に行なわれているようですね。ソ連のあの二人は、CIAから我々のところへ送られる指令を、どこかのポイントで入手していたらしい」

「〝指令〟ではなく〝依頼〟だ」

日下部は言った。

「失礼。彼らはその依頼内容を分析して橘に軍事的興味を抱いたのです。もし、橘を手に入れて彼をサンプルとして研究し、彼のような人間をたくさん作り出すことができれば、謀略戦には圧倒的優位に立てるでしょうから」

「で、そんなことができるのか」

「まず不可能でしょう。ソ連の人間は、橘章次郎の能力がどうやって与えられたのかを知らなかった。あれは、眠っていた能力が目覚めたにすぎんのです。外から与えられるものじゃない。それはどんな科学技術をもってしても不可能なのです」

「なるほど……。それが彼ら自身によって解明されれば、彼らの興味も半減するだろうな」

「強情な連中のようですから、自分たちの手で確かめるまで興味を持ち続けるでしょうな」

「ＣＩＡはそれを知っている」

日下部は独語するように言った。百瀬は何と答えていいか判らず、黙っていた。

「ＣＩＡは橘の能力が他に転用できるものではないことを知っている。なのに彼を重要人物として指定してきている。軍事以外の興味があると見なければならないな。何だか見当がつくかね」

百瀬は肩をすくめた。

「医者ならば誰でも興味は持ちますがね。だがこんなやり方をする必要はない。心当たりがあるとすれば、例のアレイ、ウォニという話です」

日下部は話題を変えたほうがよさそうだと判断した。

「ＫＧＢの二人はどうした」

「眠らせてあります。後の処理はあなたの部下たちに任せました。大使館まで送り届けるらしいですよ」

日下部は立ち上がると頷（うなず）いた。

「ご苦労だった。帰って休んでくれ。今後のことは追って指示する。それまでは、君が興味を持ってあたれる仕事に専念してくれ」

「橘章次郎の分析ですね。判りました」

百瀬は部屋を出て行った。

日下部は今夜どこで寝るべきかを考えながら、首相官邸の木々を眺めた。まだ外は闇のなかだった。

16

「誰だ君は」

白衣を身につけ黒縁の眼鏡をかけた白髪の老アメリカ人は、困惑も露わに言った。

「ここは我々研究メンバー以外は立入り禁止なんだ。いったい、どうやってここまで来たんだ。すぐに出て行きたまえ」

無言で立っている背の低い男は、黒いソフト帽で顔の大半を覆い隠している。全身黒ずくめという安っぽいギャング映画の脇役を連想させる出立ちだが、どこか人間ばなれした印象があった。

科学者は不気味さに鳥肌が立つのを覚え、咄嗟に開きかけていたファイリング・キャビネットをロックしようとした。

床の上を滑るような身のこなしで、小柄な黒ずくめの男は閉じかけたキャビネットに手を掛けた。その手にも黒い革の手袋をしている。

キャビネットは一度ロックされると、特定のメンバーだけが共有する暗証番号によってしか開く術はない。

「何をする」

老科学者は全身に冷たい汗を感じながら抵抗した。二人のもみ合いのなかで、突然圧縮空気が洩れるような音がした。科学者は一瞬ぴくりと体を硬直させ、脇腹をおさえた。男の黒い手袋のなかからごくかすかな煙が漂っている。

科学者の動きが静止した。何かを問うように、大きく開いた目を男の方に向け、彼は二、三度瞬きをした。

そのまま彼の膝は折れていった。

男は白衣がゆっくりと床の上に崩れていくのを見ながら、キャビネットに歩み寄った。無造作にファイルをめくると、彼は関心なさそうに、もとの位置へ放り込んだ。

科学者はまだ酸素を求める金魚のように口を大きく開閉しながら床の上で苦しんでいた。

その苦しみが終わるのも時間の問題だ。

黒ずくめの男は、音も立てずにドアの外へ消えて行った。

細い青の紐と赤い紐とで縁を飾られた灰色のソファ、黄色い地と緑の縁取りのあるカーペット、くすんだオレンジ色の椅子。

ホワイトハウスの大統領執務室は新進のインテリア・デザイナーが眉をひそめかねない配色だった。にもかかわらず、全体を眺めると、圧倒されそうな重々しさがあるのは、歴史のマジックのひとつなのだろう。

デスクにいる大統領はスーツの前ボタンをはずしながら言った。

「オハイオで年寄りの学者が死んだって。死因は心臓発作。オーケイ。判った。だが、ひとつ訊かせてもらっていいかね。何で、わざわざそんな報告を君の口から私が聞かねばならないのかね。ダン」

ストレスが彼の頭髪を乱し、顔色を鉛のような嫌な色にしていた。彼の前に立ったダニエル・ハザードも同じような顔色をしていた。この部屋に淀んでいるのは歴史の重みよりも、長年にわたって蓄積された何人もの人間のストレスだった。

ダニエル・ハザードは説得する口調で言った。

「オハイオの草原で死んだのとはわけが違います。ライト・パターソン空軍基地の奥の奥。つまり、部外者は近寄ることもできない場所で殺されたのです。しかも、彼は極秘扱いの研究に従事していました」

「ちょっと待て」

大統領は、伸びてきた髯をこする手を止めてダニエル・ハザードの話を中絶させた。「君は今、殺された、と言ったな。死因は心臓発作だと言ったじゃないか」

「そうです。しかし、彼には心臓の持病も、心不全の兆候もなかったのです。何者かに故意に心臓発作を起こさせられたと見るべきでしょう」

「法医学者の所見もそうなのか」

「答はノーです。あくまで表面上は心臓発作ということで処理されました」

「なるほどCIAの得意分野というわけだな」

「連邦政府の名誉にかけて言っておきますが、今回の件にはCIA・DIA・NSAいずれもタッチしていません」

「それを聞いて安心したよ。その科学者はライト・パターソンで何を研究していたのだ。極秘扱いと君は言ったが」

「彼はUFO研究者でした。ライト・パターソンは、我々のセクションNにとっても重要拠点であることはご存知のことと思います。私がわざわざ報告にやって来た理由をこれでお判りいただけたと思いますが」

大統領は、しばらく上目づかいにダニエル・ハザードを見つめていたが、やがて小刻みに頷きながら背もたれに寄りかかった。

「セクションNか」言葉に抑揚がなくなった。「私は前任者からその構想を受け継いだ。君がその構想の推進者だったことも知っている。それまでばらばらに行なわれていた政府諸機関のUFO研究をそいつで四年前に統合したわけだ。無制限と言えるほどの権限を与えてな」

「そうです。それで必要なくなったブルーブック等の公式UFO研究機関が廃止されたのです」

「いいかね。君たちは私を何だと思ってるんだ。私だって特別じゃない。同じ人間なんだぞ。あと八ケ月で任期が終わる。それまでどうして待てないんだ。あと八ケ月たったら、私よりもっとふさわしい人間……そうさ、ローマ法王でも連れてきてセクションNの担当者に就ければいいんだ。もう一度言う。私はただの人間だ。特別じゃない。人間の世のことなら私の今の地位にかけて何でも処理してやろう。しかし、こいつだけはだめだ。〝神〟の世界に手を出す力は私にはない」

ダニエル・ハザードは言った。

「私とて同様の気持ちです。しかし畏れたり、迷ったりしている時間はないのです。科学者グループは人類の行く末を絶望視しています。我が国最高の科学的権威が黙示録を書き始めているのです。彼らはカウント・ダウンを始めました」

「黙示録だと？　例えば米国民たちが死滅するまで、あとどのくらいの時間があると、その〝神の使徒たち〟は言ってるのだね」

「我々が、このままの環境汚染を続けたとしたら、最も楽観的な意見で百年。最も悲観的なものではわずか十年です」

「私たちの手に負えることじゃない」

「だからこそセクションNが必要なのです。合衆国の市民を救えるのはセクションNだけです。そして――」

ダニエル・ハザードは間をおいてからゆっくりと低い声で言った。

「誰もがあなたに〝特別であること〟を期待しているのですよ、大統領」

大統領は背もたれに体をあずけたまま、執務室のなかをゆっくりと見回した。目を閉じた彼は、目頭を両手の親指でおさえ、ダニエル・ハザードに言った。

「オーケイ、ダン。取り留めのない議論は終わりだ。話を聞こうじゃないか」

「はい(イエス・サー)。ご存知のようにセクションNはごく限られた科学者のメンバーによって構成され、陸・海・空軍、NASA、CIA等のUFO情報の統括と分析を行なっております」

「余分な話は抜きだ」

「殺されたジェフリー・アトキンス教授もセクションNの重要なメンバーでした。これは、過去の一連のユーフォロジストの怪死と同じケースであるとCIAは断定しました」

「CIAはセクションNのことを知っているのか」

大統領は驚きの声を上げた。

「ご心配にはおよびません。セクションNのことは彼らには知られていません。彼らは、一連のユーフォロジスト怪死事件に関心を持っているにすぎません」

「何なんだ、それは」

「一九七一年、ドクター・マクドナルド。一九六七年、フランク・エドワーズ。一九五九年、ドクター・ジェサップ。いずれも高名なＵＦＯ研究家で、もうひとつの共通点はいずれも謎（なぞ）の自殺や心臓マヒで死亡していることです。一命はとりとめましたが、最近、民間のＵＦＯ研究機関であるＡＰＲＯの会長ジム・ロレンゼンが心臓障害で倒れたというケースもあります」

「すべて人為的な事件だというのかね」

「はい。ＣＩＡはそう結論しました。しかもすべて同一の組織の仕業だということです」

「どこのどいつなんだ」

「ＵＦＯ研究者たちの間では〝黒服〟と呼ばれて恐れられています。正体は判っていません」

「放っておけばいいのだ」大統領は吐き棄てるように言った。「対ソの戦略核制限交渉。対日経済戦略。アフガン、アラブ、カンボジア……やることは山ほどあるんだ。そいつがそれほど重要なこととは思えん」

「これまではそうでした。しかし、今回の事件を機にそうも言っていられなくなったのです。〝彼ら〟は初めて政府の公式機関のど真ん中で、重要機密担当者を殺害しました。

この意味をよくお考えになって下さい」

大統領補佐官ダニエル・ハザードは語り続けた。その口調には、義務を充分に自覚した者の力強さがあった。

「〝黒服〟は何らかの目的で我々がUFOに関する情報を分析することを妨害しようとしています。その妨害工作が米政府にまで及んだのです。静観しているわけにはいきません」

「見栄や面子(メンツ)だけで君は余分な人材や予算を動かせと言うのか、ダン」

「いいえ、これはセクションNの創設目的とも合致する考えです。いずれ、汎(はん)地球的規模で太陽系の他惑星や月、人工衛星等への植民が実施されるでしょう。そのリーダーシップを握るのは我が連邦政府でなければなりません。スペース・シャトル計画はアポロ計画とは一線を画する移住計画の一環なのですから」

「それは充分に判っている」

「一方、UFOが実在するものであることはすでに疑う余地はありません。それが地球外文明に関するもの、あるいは地球の先住文明に関するものだとしたら、彼らははるかに我々をしのぐ科学力、つまりは軍事力を保持していると見るのが自然でしょう。一九五二年、ワシントンD・C上空にUFOの編隊が現れて国防省が大騒ぎをしたことはご存知のことと思います。当時の大統領トルーマンとアインシュタインのこのときの会話は象徴的です。トルーマンはこのホワイトハウスからアインシュタインに対処の方法を求めるべく電話を入れたのです。アインシュタインの答えはこうでした。何をしてもいい。ただ攻撃だけは絶対にするな。攻撃は我々人類の死を意味するだけだ」

「君の言いたいことは判った。歴史を学ぶ学生、いや小学生にでも判ることだ。異なった二つの文明の衝突がもたらすもの。そうだな」

「そうです。生き残るのはどちらか明白です。UFO研究が単に道楽やロマンチシズムだけで語られているのではないことがお判りいただけたと思います。我々がこの地球から飛び立ったとき、我々は〝彼ら〟とまっこうから向きあわねばならないかもしれないのです。〝彼ら〟は今も我々を監視しているかもしれません。我々は〝彼ら〟のことをもっと知り、対処の方法を見つけねばなりません。スペースシャトルを始めとするテクノロジーは片方の車輪にしか過ぎないのです。さらに、ソ連との軍事バランスのことも触れておかねばなりません。UFOのテクノロジーを得ることは、合衆国を圧倒的優位に導く最後の一手となるでしょう」

「どうすればいいんだ。国民はおろか議会の連中の頭だってそこまでは進んではいない。この私だって彼らの保守性と官僚主義を打破することは不可能だ」

「彼らに知られずに調査活動をやるのです。そのためには、黒服の連中をせん滅しなければならないかもしれません」

「どうやって。人や金が動くのだぞ。ポケットマネーでできることじゃない」

「大統領。あなたの自由裁量で緊急事態の処理を特定人物に全面的にあずける方法があるはずです。それは官報による公示が免除されている。そして、その費用はＣＩＡの年次予算のなかから自由に捻出できる」

「ダン。君は〝緊急措置権限令〟の発令をしろと言うのか」

「緊急措置法の担当者はＣＩＡ局員のなかから厳選された者のはずですね。しかもその身分は当のＣＩＡにすら秘密にされている。もってこいだと思いますが」

「しかし……。こんなケースは前例がない」

「緊急措置に前例など必要ないと思います。それに、この発令によって現在のＣＩＡの混乱にピリオドが打てるかもしれません」

「ＣＩＡの混乱だと」

「はい。セクションＮが第三種接近遭遇体験者の催眠療法から得られた情報をもとに、間接的にある調査をＣＩＡに依頼しました。数年前のことです。その調査によって判明する事実のあまりの非現実性に現実主義の権化である我がＣＩＡはついていけなかったといったところでしょうか」

「セクションＮが発足して間もない頃の話だな。ＣＩＡには本当に気付かれなかっただろうな」

「万全の配慮でセクションNの存在の秘密は守られています」

「いったいどんな調査だったのだ」

「信じていただけるかどうかは大統領のご自由ですが」珍らしくダニエル・ハザードは口ごもりがちに言った。「有史以前に栄えていた地球の先住民族の血が日本に伝わっているという話です。一種のスーパーマン・ストーリーになりますが……」

「また日本か。もういい。あのわけの判らぬ国に関してはもう沢山だ。有史以前の先住民族だと。まったく、セクションNに関わるとろくな話を聞かん」

「海軍の協力を得て、セクションNはフロリダ半島から南米にかけて明らかに我々の文明とは別の文明が栄えていたことをほぼ実証しています。その文明が環太平洋に何者かによって広められた事実は考古学者がすでに検証しています。ジャパノロジストたちが、その二つの事実に注目しました。そして、きわめて特殊な、神とエンペラーをつなぐ文献が日本に伝わっていることを指摘しました。セクションNではその文献を分析し、それがきわめて高度な文明の持ち主によって書かれた、しかも見事な比喩に富んだ宇宙と地球創世の歴史書であるとの解釈を得たのです。日本では単にエンペラーの神格化を意図した神話程度にしか思われていないのが現状です。彼らは固定化した概念でしかその文献を解釈しようとしません。エンペラーに関することなのでそれも当然でしょうが」

大統領はつい先日のことのように思われる第二次大戦時の日本軍の異常としか思えぬ

天皇崇拝を思い出しながら言った。

「何という書物なのだ」

「コジキと呼ばれる日本の『創世記』です」

大統領は時計を見ながら大きな溜息をひとつついた。

「大変面白い話をありがとう。できれば一週間でも聞いていたいが、明朝の穀物の関税法案に関する公聴会の打ち合わせの時間だ。結論を出そう。私には、今の話を聞いても緊急措置法発令の必然性は認められない。いったい何が緊急なのか理解できんのだ」

ダニエル・ハザードはたっぷりと間を置いてから発言の重大さを強調するようにやや上目づかいに大統領を見つめた。

「〝黒服〟の連中の目的が、NASAの全面乗っ取りを始めとする国家反逆だとしてもですか」

「何だと……」大統領はハザードを睨み返し、彼の言葉の意味を吟味してから力なく言った。

「そんなばかなことは不可能だ」

「連中の一見無意味にも見えるテロ行為の分析の結果、可能性は充分考えられるのですよ」

「そうでない可能性もある」

「手を打っておくに越したことはありません。そして手を打つなら早いうちがいいでしょう。これは賭けです。大統領、私は、一見有り得ないような予測のほうに賭けます」

「緊急措置法の担当者に、その件が片付けられるか、私には疑問だ」

「セクションNとその担当者をリンクさせるのです。機密保持のため、それは私が直接やりましょう。それに、私には混乱しながらもCIAが導き出してくれた調査結果に基づくある考えがあります」

大統領は諦めともとれる表情を見せ、小さく何度も頷いた。

「判った。その考えとやらは聞かぬほうがよさそうだ。君に任せる」

大統領は再び吐息をひとり洩らしてから、決心したようにデスクの右側からひとつのファイルを取り出した。自ら受話器を取ると彼は、ファイルを封印してある赤いロウを勢いよくはじき飛ばした。

17

大統領緊急措置令の担当者デーヴィッド・フォードはセクションNの存在を知る数少ない人間の一人になった。フォードの、まばたきの少ない青い目と、角ばった顎は強い意志の持ち主であることを物語っている。M・I・T（マサチューセッツ工科大）卒業後すぐにＣＩＡに入ったはえぬきだが、彼は技術者としてより、トータルな問題解決にその能力を発揮した。

セクションＮにおけるデーヴィッド・フォードとの連絡係はピーター・フレイザーという五十二歳のグレイの髪を持つ物理学者が務めることになり、フォードは彼から、様々な説明を受けた。

デーヴィッド・フォードは、絶望的な人類の行く末を聞き、これまでの四十年という人生を与えられたことを神に感謝すべきだと思った。それがストレスとの戦いの毎日だったとしてもだ。

科学者集団であるセクションＮの全容をつかむことはフォードにはできなかったが、彼にとってはその代表であるピーター・フレイザーの話だけで充分だった。

政府の機関、他国の諜報機関、マフィア、そのどれともまったく何の関係もない謎のテロ集団〝黒服〟。今回のデーヴィッド・フォードの任務のメインテーマはそれなのだ。テロ集団相手の仕事なら、彼は五十万人のうちたった三人だけが残された厳しいテストをくぐり抜けたプロ中のプロフェッショナルだ。

大統領補佐官ダニエル・ハザードが、その〝黒服〟に関してフォードに伝えたコメントは要約するとこの一言だけだった。

「ザ・キングダムのボス、トーマス・キングストンをマークしろ」

18

「どうして俺がおまえにとってそんなに必要なんだ」

武田巌男は、しつこく共演の依頼にやって来る橘に言った。

「今おまえが組んでいる連中なら、誰がみたっておまえにぴったりだろう」

「今まではそうでした」

「俺だっておまえの気持ちは判らんじゃない。だが俺たちは道楽でジャズやってるわけじゃない。食っていかなきゃならないんだ。事務所の人間にそっぽ向かれていいことなどこれっぽっちもないんだぞ」

「それは充分判っています。それとは別の問題です」

「いいや別じゃない。おまえは今大成功しているジャズマンの一人なんだ。それをドブに捨てちまおうとしているんだぞ」

「そういう話をしに来たんじゃないんです」

「どうしたってこの話題になっちまうさ。俺は本当におまえのことを思って言ってるんだ」

「どうしても武田さんの力が必要なんです」

武田は溜息をついて小さく何度かかぶりを振った。

「橘章次郎はいつからそんなに強情になっちまったんだ」

「やりたいものが見えて来てからです」

武田はじっと自分を見つめている若いミュージシャンを無言で見つめ返した。確かに橘には妙な迫力がそなわってきていた。

「後半のステージの時間だ」

武田は橘を見つめたままそう言って立ち上がった。

「俺は何度でも来ますよ。そろそろマイアミ・ジャズ・フェスティバルの準備を本気で始めなければなりません。武田さんが来てくれないのなら、俺はソロでやる覚悟を決めているんです」

武田は言葉を選ぶ間をおいてから、呟いた。

「好きにするさ」

「たいした熱意ね。見直したわ」

武田の演奏を聴き終え、『クロ』を出た橘の前に、岸田麗子が現れた。

「また会えてうれしいよ」

しかめ面を作った橘は、麗子を無視して歩き始めた。

小走りに後を追いながら、麗子は言った。

「奇を衒うのが好きなテクニックだけのキーボーディストだとばかり思っていたわ」

「そんな褒め方をしてくれた評論家はいなかったよ。俺の演奏なんか聴いたことあるのかい」

「あの日六本木でサインをもらったのは、私の本当の気持ちからよ」

橘は横目で麗子の表情を眺めた。長い睫の下でしっとりと濡れた鳶色の瞳が足許を見つめている。

橘は胸の奥で熱っぽい固まりがうごめくのを感じた。

「何の用だ。また俺がＫＧＢに尾け回されているとでも言うのか」

「それくらいに気を使っていれば大丈夫ね。そのとおりよ。今、仲間が一人でエージェントをマークしているわ」

「どうも、あんたたちが俺をはめようとしているような気がする」

「身の回りに起こっていることを少し冷静に考えてみるのね。どう考えても尋常じゃないはずよ」

「どんな不可解な出来事が起ころうと、それが続けば日常になっちまうもんさ」

「驚いた。もう慣れちゃったというの。やっぱり普通じゃないわ」

「諦めただけさ。どうあがいても抜け出せないと思ったら逆に楽になった」

「ついでに私たちと手を組んだら？　もっと楽になるわよ」

「考えとくよ」

「本当にその気があるの」

「説得する手間が省けただろう」

麗子はじっと橘を見つめた。彼女は戸惑いを隠そうともしなかった。

「まさか今度は私たちをだまそうとしているんじゃないでしょうね」

「どうやって？　そんなことして何の得がある？」

「判らないわ。本当に何を考えているのか」

「ミステリアスで魅力的だろ」

「それは認めてあげてもいいわよ。ＣＩＡが夢中になるくらい魅力的だわ」

「問題はそこなんだよ」

「え……」

「俺はアメリカへ行く。すると今度はおたくらより数倍やっかいなその連中が俺の周りをウロウロし始めるかもしれない。俺はモルモットと同じにされちまう」

「当然考えられるわね。それで、私たちを味方につけようと……」

「あんたたちの世界ではあるまじきことなんだろうが、俺はあの日下部という男を信じていいような気がしてきた。俺は人を見る目だけは確かなんでね。利用されるなら、こちらも利用させてもらう。ギブ・アンド・テイクというわけだ」

「平気で人が殺される世界よ」

「何だい。手を組もうと持ちかけておいて、今度は俺に考え直させようというのか」

「そうじゃないわ……。でも……」

ＢＭＷを入れた駐車場に着いた。橘は係員にポケットのなかでくしゃくしゃになっていたチケットを渡した。

「どこまで付いてくる。俺の家までくるか」

橘は麗子に言った。

「そのつもりよ」

前回とはまったく違う甘い雰囲気で体を重ね、麗子は橘に言った。

「この部屋は監視されているのよ」

「かまうもんか」

「信じたくなったのは日下部じゃなく、この私じゃないのかしら」

「たいした自信家だ」

麗子の白い肌の感触は、前回とは比べものにならないほど素晴らしかった。

久々に顔を出した橘を、ブラックホールのスタッフは決して温かいとはいえぬ態度で迎えた。マネージャー穂坂との冷戦を知って、直接関わりになることを避けているのだ。

「いいところへ来た。そろそろフェスティバルの細かい打ち合わせをしたい。こっちへ来てくれ」

穂坂は顎でリハーサル・ルームを示した。部屋のドアを閉じると、穂坂は言った。

「子供の喧嘩(けんか)じゃないんだ。できれば俺も譲歩したい。話し合おうじゃないか。噂(うわさ)によれば、おまえは武田さんのところへ通い詰めているそうじゃないか。フェスティバルでは武田さんとのデュオでやりたいんだな。それがおまえの条件だ」

「俺は武田さん以外とは演(や)らない。それが俺の条件だ」

「事務所の人間として言おう。このままだとおまえと縁を切らなきゃならんかもしれない。武田さんが悪いと言ってるんじゃない。フリージャズなんぞという時代遅れのことをやろうというのに賛成できないんだ」

「ミュージシャンとして言う。俺はそれをやりたいんだ。フリーは流行遅れなんかじゃない。確立した一つのスタイル、一つの方法論だ」

「稼げないんだよ。こんな状態で事務所は渡米の費用を出すことはできない」

「稼いでみせるさ。今まで以上にな」

「冷静に考えろ、世の中の音楽環境というものをな」

「俺がそいつを変えればいい。世の中に媚びて成功した奴はいない」

「もっと大人になってくれ。とにかく事務所は金を出せない。今のメンバーで、今のスタイルで演るのでなければな」

「そんなものでアメリカに通用すると思ってるのか」

「はっきり言う。無難に受ければいいんだ。どうせ日本のバンドなんて刺身のツマだ。おまえだってそう言っていたろう」

「我慢できなくなってきたんだよ。オーケイ、金を出せないと言うんならそれでいい」

「出場を諦めるのか」

「いいや。シンセサイザー類を全部売っ払う。足りなきゃ車も売る。シンセ類は今となっては旧式のものばかりだが、それなりの値はつくだろう」

「正気か」

「どうせもう必要のない物だ。その金でスタッフの分もまかなえるだろう」

「スタッフも出せない」

橘はその穂坂の言葉に、無言で相手の顔を見つめた。

穂坂は悲しげに言った。

「それでも行くと言うのなら、こちらに止める義理も権利もない。一人で行くがいいさ」

橘はしばらく穂坂の顔を見つめていた。

「ああ……。そうするより他になさそうだな」

「残念な結論だ。考え直したらいつでも来てくれ。いつでも応じる用意がある」

そう言うと穂坂は立ち上がり、レイバンのサングラスを押し上げると、ドアを開けた。

19

なるほど薔薇(ばら)が美しいのは棘(とげ)があるせいなのだ、と橘は考えていた。麗子は確かに薔薇の花だった。

毒のある蛇との同棲(どうせい)はごめんだが、毒のある女との同居生活はなかなかおつなものだった。

「いつかのブラウスを弁償しなければならないな」

「フェミニスト振りが戻ったようね」

「相手の出方によるのさ。一杯飲(や)らないか」

「残念ね。勤務中よ」

橘は笑い出して立ち上がった。

「じゃあ、勝手に飲らせてもらう」

台所へ行こうと、窓のそばに立ったとき、背中に悪寒が走った。全身に鳥肌が立っている。気のいい仕事仲間の代償に彼が身につけた高性能レーダーのような第六感が、ありったけの声で絶叫していた。

体が、理性より早く反応した。体を床の上に投げ出した。しかし、コップを割るような音とともにライフルの高速弾が、窓ガラスとカーテンを通過するほうが早かった。

木目のリノリウムの床と白木のテーブルに鮮やかな色の血が、花が咲いたように飛び散った。

麗子は目の前で突然起こった出来事がいったい何であるのか一瞬理解できなかったが秒単位の素早さで我を取り戻した。

彼女は窓のカーテンに自分の影が映らないように姿勢を低く保って移動し、台所の明かりのスイッチを切った。暗闇(くらやみ)に目が慣れるのを待っている余裕はなかった。寝室へ飛んで行った彼女は、ベッドから上掛けのシーツを引きはがして橘のもとに戻った。

彼にまだ息があるのを確かめると、彼女はシャツを破り傷口を確認した。

橘の咄嗟の行動は、弾が急所に命中するのを辛(かろ)うじて防いでいた。血は彼の左の脇の胸と背からあふれ出している。銃弾が貫通していることを確かめて、麗子はシーツを彼の胸にきつく巻きつけた。

彼女の手がまたたく間に血で染まり、白いシーツが闇のなかでどんどん黒くなってゆく。

彼女は血まみれの手で受話器を取り、緊急の際にだけ許されている電話番号をダイヤルした。

橘が撃たれたという知らせは、日下部にとっても充分に衝撃的だった。麗子の声が必要以上に感情的なのも彼にショックを与えた。

「……判った。救急車と病院はこちらで手配する。南条が心配だ。あいつの様子を見て来てくれ」

「救急車が来るまで、彼を見ていてはいけませんか」

「見ていてもできることはあるまい。彼は我々に任せてすぐに南条を探すんだ」

これほど取り乱した声を出す麗子を、彼は知らなかった。

考えなければならないことはいくらでもある。誰がやったのか。何故やったのか。橘を狙撃して何の益があるのか。岸田麗子は何故彼女らしくもなく慌てているのか。南条は何をしていたのか。

何もかも後回しだった。とにかく橘の命を救わねばならない。

日下部は、救急車の手配をしてからその救急車に世田谷の自衛隊病院に向かうよう指示する一方、自衛隊病院の集中治療室の準備をさせた。

南条は敵の陽動作戦にまんまとひっかかっていた。

彼は橘が住むマンションの周りをうろついているKGBの工作員を尾行していた。その尾行は彼にしては上出来だった。尾行に関するすべての鉄則を、彼は忠実に守っていた。

ただひとつ、敵の罠にはまるという点を除いては。

橘のマンションを見降ろす向かいの高層住宅の屋上で銃声がしたときにはすでに遅かった。

南条は慌てて音の方を向いた。闇のなかにかすかに動く人影がひとつ見えた。橘の部屋に目を移すと、ダイニングキッチンにあたる部屋の明かりが消えたところだった。

南条は罠に気付いた。

その瞬間に、尾行の対象であったはずの工作員が殺人者に変身した。

彼は行動の秩序を乱しかけている南条に襲いかかった。

正確なアッパーカットが南条の顎をとらえた。

南条は目の真ん前でフラッシュをたかれたように感じた。その光が無数の流星のように四方に向かって流れ、本物の街灯の光や人家の明かりもそれと一緒に流れていった。

腰から下が軽くなって自然に持ち上がって来る感じだ。地面が傾いて重力の方向が判らなくなる。

南条は二、三歩よろめいた。

すかさず、重たいフックが彼のレバーを狙って来た。

南条は反射的にそれを受け、体が重なるほど接近した相手の顔面にショートレンジの裏拳を叩き込んだ。相手の高い鼻がひしゃげ、鼻孔から血が流れた。

続いて彼はあばらを狙って正拳を突き出し、それで相手を突き離しておいて、ジャブ、フックとワンツーを顔面に叩き込んだ。

南条は半分気を失った状態でこれだけの反撃をやってのけた。しかし、さすがに一発目のダメージは大きく、後ろから現れた第二の敵には気付かなかった。

気配を察知して彼が振り向いたときには、第二の敵は〝柔らかくて重い〟棍棒のようなものを、プロ野球のスラッガー並のフルスイングでその後頭部に叩き付けていた。

敵の不気味な武器の衝撃は南条の頭蓋骨を通り抜けて直接彼の脳に及んだ。ひとたまりもなかった。

足音が近付いて来るのに気付いて、二人の工作員は、顔を見合わせ無言でそこを立ち去った。

橘の部屋から飛び出した麗子は、灌木の茂みのそばに倒れている南条を発見した。

彼の死を確認した彼女は、唇を咬んで立ち上がった。仲間の死体を見降ろす目に、いつもの冷徹な光が戻っていた。

彼女は死体を他人の目に付かない位置にずらしてから公衆電話を探した。

二つ目の悪い報告をしながら彼女は思った。——今回の闘いは、なぜか神経を苛立たせる。

20

病院に運ばれたとき、すでに橘は虫の息だった。

「輸血と点滴の用意だ。急げ」

日下部が用意した医者は、橘が重要人物であるということだけを知らされていた。彼は緊張した声を張り上げた。

橘が病院に運ばれるまで輸血をしていた救急隊員が後を医者と看護師に任せてそそくさと姿を消した。彼らも、自分たちの手のなかで患者に死なれるより、早く責任を渡してしまったほうが気が楽だ。

橘の容態はそれほど悪かった。

「リドカイン百ミリグラム。すぐ手術の用意をしてくれ」

医者は指示しながら、諦めの表情を見せ始めていた。

同席していた百瀬博士が言った。

「どうかな」

「判らん。ここに来るまで死ななかっただけでも不思議だ」

医者が苛立たしげに答えた。

「助けてくれ。頼む。彼を殺してはいけない」

「あんたが執刀するかい」

「私は外科の臨床経験はない」

「それじゃ……」医者は橘を手術室へ見送ると言った。「黙ってそこで祈っててくれ」

「待ってくれ。私も立ち会う」

百瀬としては主治医の気分だった。すでに彼は橘を実験材料として見ることをやめていた。彼のなかに、興味に代わって橘の特殊な体質について畏敬(いけい)に近い気持ちが宿り始めていた。

「お好きなように。だが、あんたも医者らしいから、判ってもらえるだろうな。もし賭けをやるとしたら、俺だったら助からんほうに賭けるね」

医者は手術室へ消えた。百瀬は唇を咬みながら立ちすくんでいたが、外科医がドアのなかに入って行ったのを見て、慌てて後を追った。

日下部は南条の死体を確認すると事故死としての処理をするように手を打ち、岸田麗子と合流して自衛隊病院へ向かった。

白いフォルクスワーゲン・ゴルフのハンドルを握りながら、麗子は落ち着きのない視線を時折助手席の日下部に向けている。

日下部はそれに気付きながらも口を固く結びじっと前を見すえていた。

「申し訳ありません」

麗子は慎重に言葉を選んだ。

「私がついていながら二人ともこんなことになって……」

日下部は目を半開きにしたままフロントガラスを見つめていた。

「状況を説明します――」

話し出そうとする麗子をさえぎって日下部は重たい口を開いた。

「そんな報告は必要ない。聞いたところでどうしようもない。問題はついに犠牲者が出たということだ。殺(や)った奴はKGBの工作員だ。この東京で日本国政府のために働いている人間が、理由も知らずにKGBに殺された。隣人の身代わりに、自分の家の庭のなかで自分の身内の者が殺されたんだ」

「そして、橘章次郎も狙撃されました。米国に渡すくらいなら抹殺したほうがいいとKGBは判断したと解釈できます」

麗子は、日下部の発言があまりにいつもと違って感情的なのに気付いて、故意に事務的な話題を選んだのだが、日下部はそれを無視するように言葉を継いだ。

「南条は何も知らずに殺された。まだこの任務の何たるか、いやこの仕事の何たるかも知らずに殺された……」

「私たちだっていつ同じことになるか判りませんわ」

麗子の声から次第に事務的な響きが消えていった。甘く深みのある知的な女性の声だった。

そんな麗子の声を聞くのは、日下部にとって初めてのことだった。彼は麗子のほうを見た。

二人はしばらく沈黙していた。

同じ感情がそれぞれの胸を満たし始めていた。

日下部は個人的な付き合いが皆無だったにもかかわらず、南条が殺されたことに自分でも信じられないほど腹を立てていた。そして、今隣りにいる岸田麗子や病院で必死に橘を助けようとしているであろう百瀬を、決して同じ目にあわせてはならないと考えていた。彼の職業には必要のない感情であり、むしろ危険な考えですらあった。

長い彼のキャリアのなかで、感じたこともない心の動きであることも確かだ。今夜起こった事件の事後処理の心配もさることながら、彼は自分の心の動きに戸惑い、苛立っていたのだった。

麗子は、顔色が真白になるくらい橘の安否を心配していた。それは、単なる責任感以上のものだった。彼女は、できれば何もかも投げ出して、身悶えしながら泣き出したい気持ちをおさえていた。プロフェッショナルとしての自覚が、辛うじて彼女をステアリングに縛り付けていた。

「あいつは……」日下部がぽつりと言った。「こうなって当然の実力だった。どうなろうが自分の責任だ」

麗子は、この日下部の言葉は口に出す必要のないものだと思った。日下部は静かな声で独り言のようにつづけた。

「出来の悪い部下ほど気にかかるものだ」

「気になっていることを言ってもいいですか」

麗子は静かに言った。

「何だね」

「今回は……今度の仕事はどこか今までと違っているような気がするんです。調査内容の異常さとか、任務の特殊さとか……そういったことではなくって……。どう言ったらいいのかしら……私自身が今までどおりのアプローチができないような……」

「それは私も同じだ」

日下部は顎を胸にうずめるような姿勢で言った。疲れた男の姿だった。

「原因はあいつかもしれない」

「え……」

「不思議な男だ。橘章次郎……。あいつと接しているうちに、どんどん感情の外側にあった殻(から)をはがされていくような気がする」

麗子は黙って前を見つめていた。彼女も同じことを考えていたのだった。

それきり二人は、ゴルフが病院に着くまで口を閉ざしたままだった。

21

米大統領緊急措置令の担当官デーヴィッド・フォードのもとにCIA経由でタチバナ被弾の情報が入った。

フォードはCIAトーキョーの荒事(あらごと)専門家たちを最初から動かさなかったことに対して自分を責めた。

——日本の脳天気どもに何ができる。拳銃の扱い方ひとつ知らん国民だぞ。奴らはカセットレコーダーやコンピューターでも作ってりゃいいんだ——

政治的配慮が裏目に出たいい例だ。

黒服の連中をおびき出し、トーマス・キングストンと奴らのつながりを洗い出すためにタチバナは不可欠の人物だとフォードは大統領補佐官のダニエル・ハザードから教えられていた。

タチバナが現在につながる有史以来の文明とは異なった超古代文明の秘密に関係している人物であることも彼は知っていた。ＣＩＡがタチバナの尋問で得た情報をセクションＮが分析した結果判ったことだった。

デーヴィッド・フォードは週に一度ホワイトハウスの交換手が通話チェックのためにかけてよこす自宅の特設電話を取ってダイヤルをせわしなく回した。相手はＣＩＡの連絡官だった。

「デーヴィッド・フォードだ。緊急措置令は確認しているな」

「はい」

「東京からの知らせは入ったのか。タチバナの容態はどうなった」

「まだ死亡の連絡は入っていません」

——いいぞ坊や。死ぬのを待っているようなその口振りが気に入った——彼は心のなかで呟いた。

「東京のタチバナの責任者と話がしたい。名前と居場所を確認してくれ。どのくらいかかる」

「名前は判明しています。内閣調査室のクサカベという男です。居場所と電話番号は一時間以内に」

「オーケイ。CIAトーキョーの連中を叩き起こして、どこかの米軍基地経由でタチバナを出国させる用意を整えさせろ。生きのびたとしても、日本に置いとくのは危険になった。できるな」

「可能だと思います」

――頼んだぞ、アイビー・リーガー――そう呟きながらフォードは電話を切り、すぐさま次の通話先をダイヤルした。

「FBI。デーヴィッド・フォードだ。私の名前は告知されているな」

「指示どおり、捜査官をトーマス・キングストンの私邸と会社に常時張り込ませています」

「まだ網には何もかからないのか」

「何も」

「オーケイ。そのまま張り込みを続けてくれ」

「いつまで」

「何かひっかかるまでだ」

「こっちも手が足りないんですよ。罪状も明らかにしないでこれ以上人員をさくのは勘弁してもらいたいんですが」

「もう少し我慢してくれ。マイアミのジャズ・フェスティバルまでには片が付くはずだ」

「息子がチケットを買って楽しみにしてますよ」

「いいコンサートになるだろうよ」

フォードは電話を切った。

トーマス・キングストンはマイアミ・ジャズ・フェスティバルにタチバナを招いている。キングストンが何かを計画しているとしたら、フェスティバルを利用してのことだとフォードは読んでいた。

セクションNの存在や活動をマスコミに知られることなく、黒服とキングストンを片付けるにはFBIの協力が必要だ。

FBIに適当な罪状を捏造(ねつぞう)してもらうことになるかもしれない。どうしても初期段階からFBIを巻き込んでおかなければならないのだ。

緑色のランプが点滅した。外から電話が入ったのだ。相手は先程のCIAの連絡官だった。

「クサカベの居場所と電話番号が判りました。彼らはまだ病院にいます」

「早かったな。オーケイ。どうぞ」

フォードは電話番号をメモしながら思った。セクションNからCIAへの調査依頼を全面的に打ち切ってよかった。彼らはようやく八億ドルにものぼる年次予算分の働きを回復してくれつつあった。

受話器を置いたとたんまた電話が鳴った。セクションNのピーター・フレイザーからだった。

「デーヴィッド・フォードだ。何かあったのか」

「悪い知らせだ、デーヴィッド」

「これ以上悪い話がひとつ増えようがどうってことないさ。どうした」

「セクションNのメンバーがまた一人殺られた」

デーヴィッド・フォードは目を閉じて、小さくかぶりを振った。

「ワシントン郊外の路上で、車が炎上した。原因は不明。彼は宇宙考古学者で、名前はスタンレー・ヒューイ」

「判った」とフォードは呟いた。

「これ以上犠牲者は出せない。絶対にだ。でないとセクションNの運用そのものに問題が生じてくる。殺されたからすぐさまピンチヒッターを、というわけにはいかないのは君にも判るだろう」

「オーケイ。これ以上、絶対に手は出させない。絶対にだ。電話を一本入れたら、俺も現場へ行こう。場所を詳しく教えてくれ」

さきほどのメモの下に、彼は相手の言う地名を走り書きした。

――やはり、黒服の動きは活発になってきたな――フォードは思った。

――黒服の奴らの動きはマイアミ・ジャズ・フェスティバルに向けてますます過激になっていくことだろう。どこかにもっと打つべき手はないか。州警察に応援をたのむか。いや、州警には伏せておいたほうがいい。奴らの縄張り意識はかえって邪魔になる。FBIの連中はどうして事前に今回のことを察知できなかったんだ。キングストンの張込みは無意味なのか。いや、待て。何か出て来るはずだ――

デーヴィッドは短時間のうちに頭を回転させた。

彼は東京の電話番号を見つめて決心したようにダイヤルを回し始めた。直通の国際電話だった。

22

淡いグリーンに塗られた集中治療室で手術を終えた橘が静かに、死と闘っていた。脈搏(みゃくはく)や血圧が正常に戻らぬまま、狙撃後四時間が経過しようとしていた。

加糖生理食塩水を静脈に運ぶ管や、脈をオシロスコープへ映し出すための電極、人工呼吸のための酸素マスクなどが橘のスリムな体をうめつくすように取り付けられ、呪術(じゅじゅつ)

的な儀式めいたもののしさを感じさせた。

脈は常に不安定で、橘は何度も死へ半歩足を踏み入れていた。

「手術はうまくいったのだな」

日下部は手術を手がけた外科医に尋ねた。

「大成功ですよ。手術はね」

「助かるんだろうな」

外科医は橘を見つめたまましばらく間をおいてから、答えた。

「ごらんのとおりですよ」

「はっきり言ってくれ」

事実のみの報告を求めるいつもの口調で日下部が言った。外科医は疲労を大きな両眼ににじませて、日下部を睨みすえた。

「この人がどういう重要人物かは知りませんが、人命はどんな人間でも同質のものです。私はできる限りのことをしました。いつもと同じにね。だが、はっきり言わせてもらう。今、こうしてこの人が生きていることが私には不思議なくらいですね」

日下部は百瀬博士を見た。百瀬は眼鏡の下でせわしなく目をしばたたいている。外科医が言った。

「そう。その人ならもう判っているはずです。ここまで持ちこたえたのが奇跡であるということをね」

日下部がさらに口を開きかけたとき、当直の看護師がドアをノックして、顔をのぞかせた。日下部あてに国際電話が入っていることを告げに来たのだ。

日下部が出て行くと、外科医はそっと耳打ちするように百瀬に言った。

「この患者はいったい何者なんだ」

同業者に対する親近感のある口調だ。

「どういう意味だ」

「僕にだって普通じゃないことぐらい判る。手術中にヘパリンをあんなに使わなきゃならなかったことは初めてだ」

「血液凝固阻止剤がどうかしたか」

「知らばっくれないでくれ。このクランケの体は蘇生しようとする力が普通じゃない。もりもりと音でも立てるように血液が固まり新しい組織が盛り上がって来る」

「それは……」百瀬は、じっと橘の閉じられた目のあたりを見つめている麗子のほうをそっとうかがった。「知らん振りをしていたほうが身のためだ。この男を助けてくれたら、その礼として黙っていてやるから」

外科医は、その言葉が何を意味するか充分に理解した。

「僕にやれることはもうない。あとはクランケしだいだ」

彼はそう言ったまま口をつぐんでしまった。

日下部は、相手の名と素性を聞いても緊張もしなければ慌てもしなかった。

フォードは日下部に対して「大統領の直接命令で動く者」とだけ自己紹介をした。

日下部は、見事な英語で自己紹介と用向きを質問した。

「ショウジロウ・タチバナを早急に我々の管理下に置きたい。それについてお互いの立場で相談をしたい」

「正規の手続きをふまえ、本人の承諾がない限り出国させることはできない」

――やはり言ってきたな――日下部は心の中で独語しながら答えた。あくまでたてまえで拒否するしかなかった。

「そのままではタチバナは二重三重の危険に囲まれていると言わねばならない」

「この危機は我々で管理できる」

「そうとは思えない。事実タチバナは銃弾を受け、君のエージェントも一人死亡しているらしいじゃないか」

「ライト・パターソン基地での二の舞いにならんとも限らんだろう。どちらに居ても同じことだと思うが」

この日下部の言葉にフォードは一瞬黙らざるを得なかった。フォードは言った。

「なるほど日本の情報収集力を私は過小評価していたかもしれない。それは認めた上でもう一度言おう。タチバナを我々に渡して欲しい。私はＣＩＡの荒事専門家たちの助けは借りたくないんだ」

「脅迫とは大人気（おとなげ）ない」

「脅迫ではない。君にもそれくらいは判っているだろう」

「橘は渡せない」

「いいか。タチバナは君たちのところに居る限り何の価値もない。お荷物になるだけなんだ。何が起こりつつあるか君たちは知らないのだからな。そして我々はタチバナを必要としている。テログループの調査に彼の協力が不可欠なのだ。君たちが彼を手放したくないという気持ちが私には理解できん」

「理由ははっきりしている。橘章次郎は日本人だ。そして彼をあんたたちに渡してしまうと、我々内閣調査室の役割はいったい何だったのかまったく判らなくなってしまう。私は今回の事件に非常に腹を立てている。白黒をはっきりさせるまで、彼は渡せない」

「知らずにいたほうがいいことだって世の中にはたくさんある」

「お互いに時間の無駄使いは避けたいだろう。これで電話を切らせてもらう」

「待ちたまえ。必要ならば我々の知っている限りの情報を話そう。君たちが手を組んでくれるという前提があってのことだが。それに、いずれタチバナはジャズ・フェスティバル出演のために渡米する予定のはずだ。いずれにしろ彼はこちらへ来なければならないのだ」

――命を取り留め、それまでに回復すればの話だがな――その言葉を日下部は口に出さなかった。彼は苦慮していた。ここでのたった三日の返答が、これからの彼らの行動のあり方を決定し、これまでの出来事を総括することになる。

長い沈黙をフォードも辛抱強く耐えていた。

先に口を開いたのはフォードのほうだった。

「これは我々にとっても最大限の譲歩だ。私もＣＩＡの誇りにかけて君の国内で暴力沙汰は起こしたくない」

「判った」

日下部は決意を示す吐息とともに言った。

「条件がある。橘と一緒に我々の同行も認めること。我々のグループは私を含めて三人だ。あくまで協力体制という形にする。いいな」

「いいだろう」

「さっそく事のあらましを教えてもらいたい」

「それは、タチバナが我々のもとに来てからということにさせてもらう」

「仕方がないな」

「彼が回復ししだい連絡を取れるように私のほうで体制を組んでおこう。連絡ルートは通常のCIA東京支局ルートで結構だ」

——ヤンキーめ、いつでも我々が言いなりになると思うな——日下部は心のなかで罵(ののし)りながら電話を切った。

そのとき、彼は深夜の病院内がにわかにあわただしくなったのに気付いた。嫌な予感を振り切るように、日下部は急いで集中治療室へと駆け戻った。

「どうしたんだ」

集中治療室内の緊張を見て日下部は百瀬に尋ねた。

「橘の……」百瀬は、動揺を眼鏡の下の小さな目に露わにして言った。

「彼の脈搏が停止しました」

日下部は必死に蘇生させようとしている外科医と、冷静さを失った麗子の姿をぼんやりと見つめた。

23

電気ショックに続いて、外科医による心臓マッサージが続けられた。それでも、橘の脈搏を示すオシロスコープは波形を映し出そうとはしなかった。

「何とかならんのか」

日下部は百瀬に言った。彼にもどうすることもできないのは判っていた。日下部も特別な返事を期待したわけではない。ところが、百瀬はこう言って日下部の耳を疑わせた。

「あと十五分。あと十五分たてば何とかなるかもしれません」

「何だって」

「私は、あと十五分だけ彼が生きのびていれば、回復の見込みがあると、ずっと考えていました」

どこか憑かれたような百瀬の口調だった。

「どういうことだ」

日下部と麗子は外科医の心臓マッサージを受けて横たわる橘を見つめている百瀬の疲れた横顔を凝視した。

過度のストレスの連続がついに百瀬の精神をむしばんだのか――一瞬日下部は思った。

百瀬は、自分の無力さを指摘された者が見せる落胆の表情に似た顔つきで話し始めた。

「あと十五分で潮が満ち始めます。そうすれば助かる見込みもあるのですが……。それを待たずに心臓が止まってしまうとは……」

日下部と麗子は顔を見合わせた。

ぽつりぽつりと百瀬は語り続けた。

「橘章次郎は独特の生理リズムを持ち始めたとお話ししましたね。多分それは、最終的な能力開発への過渡期的現象だろうと。そのリズムをいろいろな周期と重ね合わせてみたのです。そしてたったひとつ完全に合致する他のリズムを発見しました。それが潮の満ち引きでした。これはほぼ百パーセント間違いのない仮説です。彼の超人性は潮の干満に支配されているのです。それが何故かを説明できる科学力を我々は持っていません。私はそれがくやしい」

　百瀬の話をすべて聞き終えるのを待たずに日下部は叫んでいた。

「あと十五分。心臓マッサージと人工呼吸を続けてくれ」

瀕死の橘と全身汗まみれで格闘していた外科医が息をはずませながら言った。

「何の話か知らんが、こいつはもう駄目だ。くそっ。やれと言うならやってやる。ただ僕の体力の問題があるが」

　部屋のなかは、脈搏を示していた発振器のピーという連続音と、うんうんという外科医の声だけが響いている。

「こいつが助かったら奇跡だ」

汗をしたたらせながら、荒い息のなかで外科医が腹立たしげに言った。きっと何もかもが彼の気に入らないに違いない。

「奇跡か」日下部は独り言のように呟いた。

「彼なら……この橘なら奇跡を起こしてくれるかもしれんな」

麗子が同意した。

「奇跡ならもうひとつ起こってますわ。私の心理状態は通常では考えられません。ちょうど……。そう、ちょうど……」

「神に出会ったよう。そう言いたいんだな」日下部が、ぴくりとも動かない橘の顔を見つめながら言った。「私も同感だ」

「あと十分」百瀬が科学実験の秒読みのような口調で言った。「あと十分で満ち潮が始まる」

外科医は小さな罵りの声を上げながらも、心臓マッサージの手はゆるめなかった。

百瀬の声がした。

「あと五分」

外科医は呼吸を乱し、苦しげにあえいでいる。

日下部も麗子も口を開こうとしない。ＫＧＢへの対処も、南条の死の事後処理も、今の日下部の脳裡にはなかった。

「時間だ」

百瀬が叫ぶように言った。

迷信じみた百瀬の言葉に夢中になっている自分を麗子は心のどこかで嘲笑していた。

しかし、今はそれしか頼るものがない。

「どうだ」百瀬は外科医に尋ねた。「変化はないか」

外科医はその声には答えずしばらくマッサージを続けていたが、やがて二度三度と橘の胸を強打し、その手を止めた。

「ごらんのとおりだ」

外科医は肩で息をしながら言った。

オシロスコープは波形を映し出そうとはしなかった。

百瀬、日下部、麗子の三人はじっと、もう二度と動くことのないであろう橘の目を見つめていた。

24

外科医が後の処置を看護師に任せて橘に背をむけた。

看護師が橘の体に取り付けられていた電極を取り去ろうと手を触れたときだった。連続していたかすかな発振音に変化が現れた。

看護師はびくりと手を引っ込めた。

オシロスコープに再びパルスが映し出された。

一瞬何が起こったのか判らず目をしばたたいていた看護師が、大声で外科医を呼んだ。

「先生。脈が……」

日下部、百瀬、麗子の三人がまずベッドに駆け寄った。それを押しのけるように、外科医がやって来た。

「信じられん」外科医は橘の瞳孔の反応を見て呟いた。「こいつは生き返ったぞ」

百瀬は嬉しそうに顔を輝かせて日下部を見た。日下部は目を閉じて深い溜息をついた。時間を追うごとにその脈搏はしっかりしたものになり、やがて、酸素マスクなしで充分な呼吸ができるまでに橘は回復した。

「どうやら君の仮説は正しかったようだ」

日下部は百瀬に言った。百瀬はまるで自分の肉親が生き返ったような顔をしている。

日下部は病院に着いてからほとんどしゃべろうとしなかった麗子を見た。

信じられないことに彼女はその両眼にかすかに涙を浮かべていた。


すっかり夜が明けていた。

橘は黙って天井を見つめている。その目は不思議なほど澄んでいた。見る者の心を洗わずにはおかない輝きを持っている。

日下部は、こんな目の輝きを持つ人間を未だかつて見たことがなかった。

「大丈夫か」

日下部は何と話しかけてよいものか判らず、そう言った。

橘の表情に変化はなかった。まるで何も聞こえていないように、じっと澄んだ目で天井を見つめている。

日下部は百瀬の顔を見た。橘は一瞬とはいえ死の淵（ふち）に足を踏み入れた。一命は取り留めても、そのまま廃人の生活を送らなければならなかった人間を日下部は何人も知っている。それを思い出して彼は不安になったのだ。

百瀬も同様の懸念（けねん）を感じていた。

「聞こえるのか。私たちが判るか」

「橘さん。聞こえないの。返事をして」

橘はじっと瞬きもせずに天井を見ている。

三人は互いに顔を見合った。

「酸欠で脳をやられたのかも……」

百瀬は呟くように言った。

日下部が言葉を返そうとしたそのとき、橘のほうから、小さな息の洩れる音が聞こえた。

三人は彼の顔を見た。

それは橘の笑い声だった。

「ちゃんと聞こえてるよ」橘はようやく口をきいた。「そして、ずうっと聞こえていた。あんたたちの〝死ぬな〟という声が、闇のなかでやかましいくらいに何度も何度もね」

橘の声は静かに、よく響き、心のなかに浸み透った。

三人は、橘の様子がまた変化したことを悟った。神経質で気の優しいミュージシャンから、野獣のような男へ。そして今、死をくぐり抜けてもっと大きな存在へ変身したことを、三人は感じていた。

「さっそくだが」

日下部がいつもの口調に戻って言った。こうなったら一日も早く日常性を回復する。それが彼の義務だった。

「アメリカへ旅立つ用意をして欲しい。米軍が手続きをしてくれる。我々三人が同行する」

「フェスティバル出演のためにしては出発が早すぎるな」

橘は言った。

「フェスティバルの前に片付けたいことがあるだろう」

橘は目を閉じてしばらく思案していたが、やがて小さく頷いた。彼はもうこの三人に対する疑いも憎しみも抱いてはいなかった。この三人がどういうわけか必死で自分を助けようとしていたことを彼は知っていた。

彼は結果として武田巌男を口説けなかった。そして、事務所の連中とも和解できなかった。フェスティバルには専属のPAミキサーもなく、マネージャーもなく、共演者もなく、本当にたった一人で参加しなくてはならなくなったのだ。

旅費を負担しなくてよくなったのだけが、彼にとって救いだった。

25

ホワイトハウスと国会議事堂を結ぶ広いペンシルバニア通り。通りに面してちょうどその中間のあたりに位置するFBIの庁舎の一室で、デーヴィッド・フォードは苛立ちを抑えきれぬ声を出していた。

「どうして何も判らないんだ」

相手はFBIの副長官だ。彼はフォード以上に苛立っていた。

グレイの髪、青く冷たい瞳と高く突き出た鼻を持つ初老の副長官は、じっと睨むようにフォードを見つめ無言でいた。

フォードは訓練によって培われた抑制力を発揮しようと努力しながら言った。

「〝黒服〟はたしかに存在するはずなんだ。現に軍関係の科学者が一人も殺されている。

民間人に関しては記録がないが、それこそかなりの数にのぼるはずだ。なのにどうしてそのしっぽがつかめないんだ」

「待ってくれ。君はその〝黒服〟の連中の姿を一度でも見たことはあるのか」

「いいや。しかしそんなことは問題じゃない。問題は彼らが国家的規模の反逆を計画しているらしいという情報を私が握ったことだ」

「どこからの情報か知らんが、それは確実な情報なんだろうな」

「勿論(もちろん)だ」――もし大統領のジョークでないとしたらな――フォードは後半を心のなかで呟いた。

そのとき、ドアをノックする音が部屋に響いた。

軍隊式に髪を短く刈り、ボタンダウンのシャツを着た若い男がドアの向こうに立っていた。

「何だ」

ＦＢＩ副長官は目だけ動かしてその若者を見た。

若者は副長官とフォードを交互に見つめ、わずかにうろたえた様子で言った。

「報告書のコピーをお持ちしました。急ぎで回すようにとのことでしたので……」

「何の件だ」

副長官が尋ねた。

「その……」

若者は、フォードのほうをちらりと眺め言い淀んだ。

「この人ならかまわん。何の報告書だ」

「NASAの件です」

副長官は頷くと片手を差し出して書類を受け取った。「ご苦労」と彼が低く呟くと、若者は一刻も早くその場から逃げたいとでも言うように、ドアの外に姿を消した。

「NASAというのは金のかかるところらしいな。莫大な資金の不正入手の疑いがある。政府の機関もこう細分化されてくると、おのおのが独立した企業みたいに勝手なことを始めたがる」

副長官は、自分の多忙さを強調するように報告書に目を通しながら、フォードに向かってそう呟いた。

「とにかく」フォードは、汚職などには関心はないとでもいいたげに強い口調で言った。「どんな小さなことでもいい。〝黒服〟のしっぽをつかんでくれ。それも早いうちに」

FBIを出たフォードはペンシルバニア通りをホワイトハウス方向へ走り、十四番ストリートに出てまっすぐに南下した。ワシントン記念塔とそれを囲む緑を右手に見て、彼はささやかな心の安らぎを得る。じきにラングレーの印刷局の建物が見えてくる。これがCIAの本部だ。

フォードの所属は一応CIAになっており、彼にはこの庁舎内のどこへでも自由に出入りできる権限が与えられていた。特に緊急措置令発動中は、彼は大統領に準じる権限を持たされることになる。

彼は連絡官を呼び出して橘の様子を尋ねた。

「CIAトーキョーに、クサカベから連絡が入っています。一週間後にこちらへ向けて出発する予定です」

「タチバナの怪我はたいしたことはなかったようだな」

「彼の容態に関しては一切不明です」

「一週間後か。三日に縮めるように言ってくれ」

マイアミのジャズ・フェスティバルは一ケ月後だ。それまでに〝黒服〟の全容を明らかにしなくてはならない。

「私はしばらくここにいる。事態の進展があったらすぐに知らせてくれ」

フォードは問題を整理するために一人になりたかった。

「判りました」

若い連絡官はヨーロッパ貴族のように優雅な目礼をして部屋を出て行った。フォードは深く椅子に腰掛けて目を閉じた。

「お電話が入っています。お相手の方はブラックさんとおっしゃる方です」

インターホンで秘書の声が告げた。

プレジデント・オフィスで重役の一人と打ち合わせをしていたトーマス・キングストンはラインをホールドさせたまま、重役に退席をうながした。

重役が出て行くと、トーマス・キングストンは、すぐに受話器を取った。

「私だ」キングストンは言った。そのまま、相手の話をじっと聞いている。

「タチバナがＣＩＡの手に渡るだと」

キングストンは珍らしく感情を露わに言った。

「それは断じていかん。タチバナは我々が手に入れるのだ。税金泥棒たちに渡すなどもっての他だ。何とかしろ」

再び相手の話に耳を傾ける。

「……いや、だめだ。真正面から彼と戦おうなどと思うな。彼は我々の手に負える男じゃない。それともう一つ。ＣＩＡが動いているとなると、この電話も危ない。盗聴に対する配慮は充分にしてあるが、相手がＣＩＡとなると完全とはいえない。今後の連絡は私から取る」

キングストンは電話を切った。

切った後で背中に嫌な汗を感じながら、彼はダニエル・ハザードにマイアミ沖での海軍の行動について電話した時のことを思い出していた。ハザードはあのとき、ＵＦＯについての政府の情報をべらべらとキングストンにしゃべった。なるほど――彼は思った――。ああいう宣戦布告のやり方もあるのだな――。

彼は勘の発達した男だった。キングストンは眉をひそめ、今受話器を置いたばかりの電話を見つめた。悪い予感――彼はそれをほぼ百パーセント信じていた。

「まさか、今の通話も……」

彼は心のなかで呟いた。

あわただしくドアをノックする音でフォードはゆるんでいた緊張を取り戻した。午後三時。このＣＩＡ庁舎へやって来て三十分も経っていない。

「どうぞ」

フォードは姿勢を正した。連絡官の青年が飛び出さんばかりにブルーの目を見開いてドアの向こうに立っていた。

「緊急の報告です」

「入ってドアを閉めたまえ」

彼の貴族趣味的な礼儀作法を少しばかりうとましく思いながらフォードは言った。

部屋に入るなり連絡官は言った。

「トーマス・キングストンの盗聴に成功しました。相手はブラックと名のる男です。多分暗号名（コード・ネーム）だと思います」

フォードはゆっくりと背を伸ばした。キングストン・トレーディングほどの会社になると対盗聴設備も相当なものに違いない。それを、ＣＩＡのエージェントたちは四苦八苦しながら突破してくれたのだ。

フォードは、そのエージェントひとりひとりの手を握りたい心境だった。

連絡官は言った。

「内容は、タチバナがＣＩＡの手に渡るのを実力をもって阻止しろというものです」

「どっちがどっちに指示したんだ」

「トーマス・キングストンがブラックに、です」

「相手の場所は判らないのか」

「探知しきれませんでした。しかし長距離電話でした。フロリダであることは確かです」

「フロリダだと」

フォードはしばらく考え込んだ。

「よし。私の名前でＦＢＩの副長官あてに、今の情報を知らせてくれ。必要があれば文書で届けろ。大至急たのむ」

「判りました」

使命感に燃えた声で答えると、連絡官は再びドアの外へ消えた。

ドアが閉じる前にフォードの左手は電話の受話器を持ち上げ、右手の人差し指がダイヤルにかかっていた。

「FBI。デーヴィッド・フォードだ。副長官を」

髭(ひげ)のそり跡を右手でこすりながら一分待つ。

「デーヴィッド・フォードだ。今からCIAの連中がトーマス・キングストンの盗聴の内容を届ける。そうだ。どうやらやっとやつがこの件に関連していることが判ってきたぞ。相手はフロリダから電話をよこした。……不明だ。詳しい地名は探知しきれなかったんだ。そこでFBIの出番だ。キングストンとつながりのありそうなフロリダの人間を洗い出してくれ。……無理は承知だ。だが見当はつくだろう。マイアミ・ジャズ・フェスティバルの興行権を持っている人間。マイアミ市の役員。それにフロリダといえばマフィアだ。マフィアとトーマス・キングストンの関係を洗うくらいFBIなら朝メシ前だろう。よろしく頼む」

フォードは電話を一旦(いったん)切ると、続けてセクションNを呼び出した。

「フレイザーか。デーヴィッド・フォードだ。トーマス・キングストンと〝黒服〟のつながりをつかんだぞ。今FBIが全力で洗っている。オクトパスがフル回転しているだろう。〝黒服〟の奴らをこの手で締め上げるのも時間の問題だ」

オクトパスというのはＦＢＩの大コンピューターのことだ。

「……それと、タチバナのことだが、早ければ三日後、遅くても一週間後に我々の管理下に置かれる。彼が来た段階で日本の連中が持っている情報とこちらの知っていることを照らし合わせて、タチバナに関しての全容を知りたい。すべてをまとめておいて欲しい。そうすれば〝黒服〟の奴らの目的がよりクリアーになるはずだ」

フォードは電話を切りながら思った。今夜はマンハッタンを一杯飲めるかもしれない。

26

「アメリカへ発つ日が目の前に迫っているのに、橘はなぜそんなものを欲しがっているのだ」

橘につきそって病院に残っている麗子に向かって、電話で日下部が言った。

「私に理由を説明しろと言われても無理ですわ」

「先日も、彼に言われて古事記の原文と現代語訳を届けたばかりじゃないか」

「現代語による解釈が邪魔だ、と彼は言っていました」

「それで、古代日本語の専門家を探し出して古事記をなるべく古代日本語に近い発音で音読し、それをテープに録って届けろ。彼はそう言ってるというわけだな」

「そのとおりです」

「まったく、何を考え出したのか……」

「予想はつきますわ」

「どういうことだね」

「彼は日本語とはまったく異なった言語で古事記を解釈しようとしているんだと思いますわ」

「一緒にいるからと言って、君まで変な影響を受けんでくれ。判った。早急に当たってみて明日中には何とか届けられるようにしよう」

日下部は電話を切って、しかめ面を作り、顎をごしごしとこすった。


スチュワーデスの機内サービスこそなかったものの、軍用ジェットの空の旅は背中が痛くなるようなものでは決してなかった。橘たち四人にとってはむしろ快適だったと言っていい。

軍の強固な要請で出発が四日も繰り上がったにもかかわらず、出発の日には橘は常人と変わらぬほどに回復し、彼の命を救った外科医を驚かせた。

橘に関する病院内の一切の記録と外科医の記憶は、彼の命と引き替えにきれいに抹消されることが約束された。

護衛の兵士は長い旅の間中一言も口をきこうとしなかった。

「橘は何をやってるんだ」

日下部は着陸態勢に入った機内で百瀬に尋ねた。

「瞑想(めいそう)らしいですよ。一命を取り留めて以来の習慣のようです。例の古事記のテープを何度も繰り返し聞いた後、ああやって目を閉じたまま二時間でも三時間でもじっとしていることがあります」

日下部は不気味なものを見る目つきで静かに目を閉じている橘を眺めた。

軍の人間たちに案内されて橘たち一行はまっすぐにワシントンのマジソンホテルへ入った。

にぎやかな市の中心街にあるにもかかわらず、ホテルに入ったとたん重厚な静けさに包まれてしまった。ヨーロッパ的なとりすました心地よさのあるホテルだ。

四人にはそれぞれスイート・ルームが用意されていた。くれぐれも反感を買わぬようにというデーヴィッド・フォードの心配りを日下部は感じた。あくまでも協力体制を貫こうという証(あかし)だった。

日下部が部屋のあちらこちらをいじり回して盗聴装置のチェックをしていると、部屋の電話が鳴った。三回ベルを聞いてから日下部は受話器を取った。

「デーヴィッド・フォードだ」相手が受話器の向こうで名乗った。「お疲れとは思うが、できるだけ早く会いたい。これからホテルのほうへうかがってもかまわないだろうか」

時差とノンストップ飛行の疲れは日下部の若くない体を痛めつけていたが、明日にしてくれとは言い難かった。

「今、それぞれの部屋に着いたところだ。必要なら私の部屋に全員を呼び揃えておくが……」

日下部はできるだけ恩着せがましい響きが伝わるように言おうとしたが、英語で話しているため、どこまでそれが伝わったかは疑問だった。

「是非たのむ」フォードはそっけなく言って電話を切った。

全員の部屋へ集合の電話を入れると、日下部は、共闘の条件をまとめておこうとした。そして、じきにそれがまったく無意味であることに気付いた。

なめられたらおしまいだ。すべては最初が大切だ——彼はそう思った。

日下部は何も知らないのだ。

ＣＩＡがなぜ橘のことを知っていたのか。

なぜ橘を必要としているのか。

ＣＩＡは橘の能力をどこまで知っているのか。

そして、いったい何のための共闘なのか。

今回の一件ではもともと日下部グループはＣＩＡの下請けとして出発している。日本勢が不利な立場に置かれているのも当然だった。

彼らにとっての切り札は、橘を手中におさめているという一点だけだった。

日下部とフォードは、一目見ただけで互いに自分たちが同じ種類の人間であることに気付いた。

フォードは続いて麗子、百瀬、橘の順に素早く観察した。

紹介を待たずとも全員の素性は見当がついたという顔でフォードは小さく頷いた。

「私がデーヴィッド・フォード。ＣＩＡの特務官で、現在は特命の極秘行動中だ。こちらは――」フォードは半歩後ろに立っている初老の男を頭を傾けて示した。

「ピーター・フレイザー。今回の件で顧問をやってもらっている科学者グループの代表だ」

百瀬はそのグレイの髪がうすくなり、肌の色つやのない男にだけ親近感を覚えた。老眼鏡の奥で落ち着きなく動いている茶色の目に、彼は自分と同類の人間のにおいを嗅いだのだ。

フォードはピーター・フレイザーがセクションＮの連絡係であることも、またセクションＮの存在そのものも隠していた。

日下部は日本側のメンバーを、いつわりなしに紹介した。第一ラウンドから日下部はワンポイントのリードを許してしまった。

橋は一命を落としかけた事件以来、きわめて無口になっていた。もともとにぎやかな男ではなかったが、あの事件以来、いつも遠くを見るような目をしている。

フォードは橋を見て、何を考えているのか判断に苦しんだ。

彼は橋を前にして、徹底的に鍛え抜かれ、数え切れぬほどの修羅場を通り、死地をくぐり抜けてきたプロ中のプロのあの冷たい無表情さを連想していた。

それは日下部たちにとっても同様だった。あの日以来、橋が何を考え、どう判断しているのかまったく判らなくなったのだ。今回の渡米に関しても、不平や質問がほとんどなかった。

身の回りの出来事に対して橋はきわめて無感動になっているように日下部たちには見えた。

「さっそくだが、現時点までに知り得たお互いの情報を交換し合いたい」

全員がソファに腰を降ろすとフォードが切り出した。

エレベーターが開き、ルーム・サービス用のワゴンを押したボーイが一人ゆっくりとホールへ歩み出た。

ボーイは速すぎず遅すぎずといった慎重な足取りでワゴンを押しながら、日下部の部屋の前に近付いた。

ホールに人影がないのを素早く確かめると、彼は簡易型の防毒マスクを鼻と口にあてがった。

マスクに続いて大型の注射器とガラス製のアンプルを三本ワゴンのなかから取り出した。

三本のアンプルの中味をすべて注射器に吸い取ると、彼は膝をついてドアと床の絨毯のすき間に長い注射器の針を差し込んだ。

注射器のピストンを勢いよく押す。

注射器の中味がなくなると、空になったアンプル、注射器、そして手袋を完全密閉の容器に放り込み厳重に蓋をした。

容器をマスクとともに再びワゴンのなかへ隠すと、彼は何くわぬ態度でエレベーターへと向かった。

すべてにぎこちなさのまったくない作業だった。

「我々に、橘章次郎に関する調査依頼をしてきた目的はいったい何なのか。なぜ橘をターゲットとして定めたのか。なぜ橘が特殊な人間であることを知り得たのか。今、いったい何が起こりつつあるのか。これから何が起こるのか。我々は初めから知りたいのだ」

日下部はデーヴィッド・フォードに向かって強い口調で言った。

「待ってくれ」フォードは片手を上げた。「我々も一方的に質問に答えるわけにはいかない。私たちは百瀬博士に、より詳しくタチバナの体質について伺いたい」

目の前で自分のことが論議されているというのに橘はまるで関心がないように皆の目に映った。

セクションNのピーター・フレイザーはそんな橘に不安を覚えた。橘の知能に疑いを持ったのだ。

「でなければ、至急我々の科学者グループによってデータを集めたいのだが」

フォードは容疑者を尋問する刑事のようにじっと日下部の態度を観察しながら言った。

「その必要はないだろう」日下部はきっぱりと言った。「知り得るすべてのことはすでに正規のルートで報告してあるはずだ。君たちの〝依頼〟に応えてな」

日下部は同意を得ようと百瀬のほうを振り向いた。そのとき初めて日下部は自分の視野が狭くなっているのに気付いた。貧血に似た感じだった。

身体の変調を感じたのは日下部だけではなかった。百瀬も麗子もフォードも、ピーター・フレイザーも、気が遠くなるような気分の悪さを感じていた。

日下部とフォードは、はっと顔を見合わせた。二人は同時にその鍛え抜いたアンテナに危機を捉えたのだ。

「神経性のガス」

日下部は叫んだ。

フォードは窓へ駆け寄ろうとして立ち上がった。

だがそこまでだった。

百瀬が床に崩れた。ドアまでたどり着かず麗子も倒れた。ピーター・フレイザーがティーテーブルの上に伏せるように上半身を倒して気を失った。

日下部が、フォードが、そして最後に橘がゆっくりと床の上に身を横たえた。

27

無色無臭のガスによって部屋のなかの人間を眠らせることに成功したボーイ姿の男を先頭に、ガスマスクをつけた計三人の男が堂々とドアを開けて日下部の部屋に入って来た。

男たちはジュラルミンのコンテナを手押し車に載せて部屋に運び入れた。

コンテナの大きさは縦と奥行きが約五十センチメートル、横幅が一メートル二、三十。

つまり、人間一人を押し込んで運び出すのにちょうど都合のいい大きさだった。

三人の男は無言で作業を開始した。マスクの奥で冷たい目が表情なく動いている。

ボーイの服を着ている男は小柄で繊細な指を持っていた。

あとの二人は肉体派だった。黒のスーツに細い黒のネクタイ。一時代前のお定まりのギャング・スタイルで滑稽(こっけい)ですらあるが、それが余計に不気味な印象を与えた。その黒いスーツの胸のあたりは硬質の筋肉ではち切れそうだった。

動くたびに肩や大腿部(だいたいぶ)の筋肉が盛り上がるのが服を通して判る。

彼らは手分けして部屋の主たちが全員気を失っているのを確認した。

声を掛け合うこともなければ目で合図をし合うわけでもない。お互いに顔を見合わせることすらせずに三人は合理的に動いた。

一人がジュラルミンの蓋を開けると、体格のいい二人が橘の体に手をのばした。

三人組はガスの威力に百パーセントの自信を持っていた。このガスのなかで意識を失わずにいる人間などがこの世にいてはいけないのだ。

だから次に起きた出来事は心底彼らを驚かせた。

正確にプログラムされたような彼らの行動が一瞬にしてかき乱された。

橘が目を開いたのだ。

ほんのわずかの間、彼も昏倒(こんとう)していたのは確かだ。しかし彼の生理システムは、たちまち体内に入った化学物質を無効にしてしまっていた。

二人のファイターは低く身構えた。マスクのなかには戦うことに充分慣れた男の目があった。

相手は小柄で細身の日本人。彼らには橘が赤ん坊のように非力に見えた。

黒服のファイターの一人が無造作に橘の肩を両手でつかもうとした。それだけで橘は身動きできなくなるはずだった。

橘の両手が内側から外側へ向けて円を描いた。大男の太い腕は軽くはじき飛ばされてしまった。

二人は慎重になった。一人が正面から橘を牽制し、もう片方がじりじりと橘の右手側へ回り込んだ。

右へ回り込むというのは格闘技に慣れていることを物語っている。通常は右が利き手だ。有効なパンチを出そうとすれば、体重を乗せるために、どうしても腰をひねらなくてはならない。利き手側に立てば、それを不可能にできるのだ。

それだけ利き手に近くなるのでショート・レンジのジャブ程度は注意しなくてはならないが、そんなものは喰らってもたいしたダメージにはならない。むしろ、反撃のチャンスをつかむ糸口になるのだ。

これはあくまでボクシングスタイルのファイティングを想定してのノーハウだった。

彼らはボクシングの理論とは少しばかり異なったところから出発している格闘技には

あまり馴染(なじ)みがなかった。空手(からて)の訓練は受けていたが、アメリカの近代空手のパンチはむしろボクシングの理論に従っている。

橘は腰を鋭く切りながら右足を敵の一人のほうへ踏み出した。踏み出したその右足の膝を深く折る。同時に右手をいっぱいに伸ばし、掌(てのひら)を突き出した。

ボクシングのパンチとは多少異なった腰の回転になる。ボクシング理論ではジャブは別として、パンチングの際は打つほうの手とは逆の足が前に出ていなければならない。

足首から発した回転力を膝を深く折ることで増幅し、さらにその力を腰を鋭く切ることでまた増幅する。その力は背を伝わり、肩を通り、突き出された掌で爆発した。橘は誰に教わったわけでもないのに、中国北派拳法(けんぽう)の発勁(はっけい)という独特の力を生む技法を行なっていた。しかも彼の筋肉は見かけからは想像もできない効率を持っている。

敵も咄嗟(とっさ)に見事なディフェンスで日頃(ひごろ)の鍛練(たんれん)の成果を見せてくれたが、橘の掌は軽々とそれを突き破り、相手の胸に激突していた。

大きな体が宙に舞い壁に叩き付けられた。自動車にはねられたような勢いだ。

たった一撃で男は昏倒してしまった。

一人が壁に向かって宙を飛んでいる間にもう一人が橘に飛びついてきた。

橘はわずかに体重を移して、後方になっている左足を蹴(け)り上げた。

敵はその蹴りを辛(かろ)うじて払うと、体ごと橘にぶつかり、長く太い腕を橘のほっそりした体に巻き付けて締め上げた。

強力なベア・ハッグだった。

わずかに橘の顔が苦痛にゆがんだ。

敵の腕はしっかりと橘の脇腹に決まっている。橘のあばらはみしみしと音を立てた。肋骨(ろっこつ)を折られるのも時間の問題だ。

橘は自由な手で何度か相手の肩や後頭部に打撃を加えたが、体勢が悪く力の出しようもない。

橘の足は宙に浮いていた。

大人が子供を抱き上げているような恰好(かっこう)だった。

敵の頭部は横向きに橘の胸に押しあてられ、前方からも彼の肋骨を締め上げていた。

橘は酸素を求めて大きく口を開いた。こうがっちりと体勢を決められていては、もがいてもどうすることもできない。

橘は右手の親指、人差し指、中指の三本を合わせ小さなものをつまむような形をつくり、そこに力を集中させた。指でくさびを作ったのだ。

手首が素疾(すばや)く返って、橘のその三本の指のくさびが、敵のガスマスクを貫いた。それが中国拳法では螳螂手(とうろうしゅ)と呼ぶ技法であることなど勿論(もちろん)橘は知らない。最も合理的な動きとして彼の体が知っていたのだ。

部屋に充満しているガスは、薄れたとはいえ、まだまだ効果がある。敵は手を放し、うめき声を上げてマスクを押さえた。ガラスの破片が顔面と、目を傷つけたのだ。

残りの一人もぽかんと二人の戦いを見ていたわけではない。彼は倒れている男のマスクをはぎ取って、顔を両手で覆っている男に投げ与えた。

空中にあるそのマスクを、橘は拳の一撃で叩きこわした。

心理的バランスを欠いたファイターは、いくら逞しくても、今の橘の敵ではなかった。

橘は思いきり体重を乗せたアッパーを敵の胃のあたりにめり込ませた。

敵の体が橘の膝の上まで浮き、そのまま床に崩れ落ちた。血が混じった胃液を口の端からこぼしながら、彼は床に倒れ動かなくなった。

ボーイ服の小柄な男はポケットから小型の拳銃を取り出した。

振り返った橘はそれを目に留めるなり床に身を投げ出した。鉛の弾を喰らうのは二度とごめんだ。

小型の拳銃が小さな音をたてたのは橘が身を翻したのとほぼ同時だった。

目標をそれた弾丸が壁に当たった。それは壁に弾痕をうがつ代わりに、小さなしみを作った。シアン化水素のしみで、ライト・パターソン空軍基地でセクションNのメンバーの一人に心臓発作を起こさせたのと同じものだった。

橘が床に伏せたのを見て、ボーイ姿の男はもう一発弾丸を発射し、ドアの外に飛び出した。

橘は二発目も辛うじてかわすことができた。

やがてのろのろと立ち上がると、橘は床に倒れている黒服のファイターをぼんやりと眺めた。

ぶるぶると頭を振ると、彼はベッドルームからシーツを二枚引きはがして来て、それで二人の大男を念入りに縛り上げた。

頑丈な一流ホテルの部屋とはいえ、気密室ではない。しかも、しばらくの間ドアが開きっぱなしだったのだ。ガスの効力はすでに薄れてしまっているだろうと判断し、橘はドアを閉めて、ソファのひとつに身を投げ出した。

自分が覚醒(かくせい)するまでの時間を考え、橘は、デーヴィッド・フォードや日下部たちが目を覚(さ)ますまでにそれほど時間はかかるまいと思った。

麗子は床に倒れたままだった。橘はけだるげな目つきでその顔を眺めた。

白い肌に黒く長い睫(まつげ)。心を込めて磨き上げた象牙細工(ぞうげざいく)のようになめらかな頰(ほお)の曲線はうっすらと開かれた小さな唇に向かって吸込まれていく。

橘は目を閉じて苦笑に似た笑いを浮かべた。

溜息をひとつつくと彼は立ち上がって麗子に歩み寄った。

いくら剣吞なプロフェッショナルとはいえ、女性を床の上に寝かせておくわけにはいかない。

橘は麗子の軽い体を抱き上げて寝室のベッドへ運んだ。

28

部屋の電話が鳴った。日下部たちはまだ眠り続けている。

橘は受話器を取った。

フロントからだった。他の部屋から通報があったのだ。

「何でもない。心配しないでくれ」

橘はそれだけ言って電話を切った。

この部屋は然るべき機関を通じて用意されたものだから、これ以上無用な詮索をされることはないはずだ。

電話の音と橘の声でデーヴィッド・フォードが重たい眠りから目を覚ました。目をまぶしそうにしばたたきながら起き上がると、彼はぼんやりとあたりを見回した。

橘は無言のまま冷たい目でその様子を見つめている。

フォードは、橘が一人だけ立っているのに気付いて物問いたげな目で彼を見た。何か言おうとしたがフォードは思い直したように、ティーテーブルに頭を伏せているピーター・フレイザーを揺り動かしながら声を掛けた。

日下部が目を覚まして、フォードとまったく同じ行動を取った。彼は百瀬の様子を見た。

橘は相変わらず黙って立っている。

寝室のドアが勢いよく開いて、銃をかまえて目を大きく見開いた麗子が姿を現した。

一瞬全員が石と化したように麗子を見た。

戸惑いの間を置いてから彼女は銃を下ろし、片手で髪をかき上げながらかぶりを振った。

「ソリー」

その麗子の声で、全員の緊張が融けた。

彼らはまたソファのもとの位置に戻った。

黒い服を着た二人のファイターはフォードが手配したCIA局員が引き取りに来た。CIAの専門家がじっくりと尋問してからFBIへ手渡すはずだった。

「さあ、教えてもらおうか。何もかもをだ」

橘が鮮やかな英語でそう言って、フォードたちを驚かせた。彼は英語が判らないために橘がずっと無関心な沈黙を続けていたのかと思っていたのだ。

「俺たちは協力し合うためにここで会っている。違うか。もう腹のさぐり合いは沢山だ。相手は何者か知らんが、俺たちは全員この部屋で襲われた。共通の敵が現れたのだ。俺たちがここへ到着したその日に現れ、日米の諜報機関の腕ききたちをたやすく出し抜こうとした敵がだ。ただのちんぴらのいやがらせでないことぐらい簡単に想像がつく。さあ、どっちからでもいい。すべて判るように話してくれ」

橘は話し出すときわめて雄弁だった。

デーヴィッド・フォードと日下部がお互いの目を見つめ合った。

力なく視線を落としたのはフォードのほうだった。

すかさず日下部が言った。

「奴らは何者なのだ。狙いはこの橘章次郎なんだな?」

フォードは視線を落としたまま、何度も小さく頷いた。その頷きがだんだんと大きくなり、やがて決心したように彼は話し始めた。

「奴らの正体を我々も正確につかんでいるわけではない。我々は彼らを〝黒服〟と呼んでいる。君の言うように、奴らはミスター・タチバナに関心を持っている。何かに利用しようとしているようだ。そしてその何かとは、我々の国家に重大な局面をもたらすような反逆であるとの情報を我々はつかんでいる」

「君が最初からすべてを話したがらない理由は判った。だが、すべてをここで話してもらわなければならない。君の国の危機には残念ながら我が国も無関係ではいられなくなるだろうからな」

日下部が言うと、フォードは力なく頷いた。急に彼は疲れ切った男の表情を浮かべ始めていた。

「判っている――」

彼はこれまでのいきさつを簡潔に、しかも洩れなく語った。大統領緊急措置令が発動されていることも、自分がその担当官であることも、CIAが一時期混乱に陥っていたことまでも彼は話した。

その口調は誠意よりも、もはや隠しごとをする気にもなれないという疲労感を感じさせた。

「――以上が我々がつかんだすべてだ。依然として判っていないことは、黒服はいったいどれくらいの規模の組織なのかということ。そしてトーマス・キングストンは黒服とどういう関係にあるのか。トーマス・キングストンと黒服はミスター・タチバナを利用して何をやろうとしているのか、だ」

「つまり――」日下部は言った。「要するに何も判っていないのと同じことだ」

「それは違う。我々はもうここまでのことを知っていると言うべきだ。そして、ミスター・

タチバナは我々と一緒にいる」

フォードは橘を見て、かすかに悲しげな笑顔をうかべた。彼が初めて見せた愛想だった。

「トーマス・キングストンは俺をジャズ・フェスティバルに招いてきた。ただ俺を掌中におさめるだけならこんなに手の込んだ金のかかるイベントは必要ないはずだ」

橘はまっすぐにフォードのほうを向いて言った。

「それは我々も考えた。最初は単なる偶然かとも思った。あれだけのイベントを組むとなると準備にはどう少なく見ても一年はかかる。しかも、あれはキングストン・ファミリーとマイアミ市が共同で行なう正式のイベントだ。実業家が一つの出来事を多目的で利用しようというのはよくあることだ。しかし、そう考えてもいられなくなったのは今話したＣＩＡが盗聴したキングストンの電話だ。黒服の奴らはフロリダから接触をはかった。これは偶然と考えるにはあまりに楽天的すぎるだろう。キングストンは確かにマイアミ・ジャズ・フェスティバルで何かをやろうとしている。我々もそう考えている」

橘は目を伏せて考え込む様子を見せた。フォードはふと〝東洋の神秘〟という言葉を突然思い浮かべた。

「なるほど。君たちがこの橘を必要としているのは判った」日下部が言った。「もうひとつ我々の疑問に答えてもらいたい」

「どうぞ」

フォードが頷いた。

「どうして君たちは橘のことを知っていたのだ。キングストンにしてもそうだ。なぜアメリカにいる人間が、一億以上の日本人のなかから、いやこの全世界の人間のなかから、このたった一人の橘という男に注目することができたのだ。最初にCIAから調査依頼を受けたときからの我々の疑問の中心はそれだった」

フォードは眉根（まゆね）にしわを寄せてからピーター・フレイザーの方を見た。

フレイザーは落ち着きなくその茶色の目を動かしてから唇をなめて話し始めた。

「それは私がお話ししましょう。もとはといえば、我々セクションNがCIAに調査依頼をしたことですから……」

日下部はゆっくりと頷いた。会話の主導権が少しばかり自分たちに傾いたように見えるのが彼に満足感を与えていた。

「セクションNはアメリカ合衆国の未来のみならず、ひいては地球人類の未来を失わせないために研究活動を続けています。ご存知のように、このままでは地球人類は滅亡を待つばかりです。愚かな人類はそれに気付かず、いや、うすうす気付いていながらも――」

「要点を話してくれないか」

そう言ったのはフォードだった。フレイザーは落ち着きなく頷いた。

「我々は未確認飛行物体についての報告や資料を集積し分析しています。同時に地球上のありとあらゆる文明の発展の方向性というものも研究しています。現在の文明が将来どういう形に発展するかということだけでなく、過去の文明がどういう形で存在しどう発展してどう滅びたかを我々の作ったある指標に照らして数値化し方程式を作りました。そのなかでどうしても他の地球上の文明と異なった傾向を示す文明があったことを我々は発見しました。そのひとつは北米東南海岸から南米にかけての古代文明。つまりバミューダ海域を取り囲んでいる一大超古代文明圏です。アンデスのプレ・インカ等の文明がこれに含まれます」

フレイザーはそこで言葉を切り、ハンカチをポケットから取り出して汗をぬぐった。自分の話を彼らがどのくらい集中して聞いているか、またどのくらい信じてくれているか彼は心配だった。彼は、皆の顔をひとわたり見わたしてから再び話し始めた。

「もう一つは太平洋の超古代大海洋文明圏です。この二つはいずれも、現代の我々に続く古代文明よりさらに古い時代に、原因不明の突然の消滅をしているのが一つの特色です。インカ文明が栄え始めた頃、すでに廃墟（はいきょ）として存在し、先住民たちですら伝説でしか知らないプレ・インカの文明。そして、イースター島のモアイ像やムー伝説など、誰一人として正確な伝承を受け継ぐもののない文明。これらの文明に関する知識を我々は

〝神々の伝説〟としてしか知ることができない」

日下部はそっと百瀬と麗子の顔を窺った。どういう態度を取ろうか決めかねている表情だった。

橘は、じっとフレイザーを見つめながら話に聞きいっていた。

「ところが、二十世紀も終わりに近づいてきた今日、この文明のことを細かに語る人間たちが現れたのです」

フレイザーを除く全員が怪訝な表情をうかべた。フレイザーはその反応に気をよくしたのか、わずかに早口になった。

「それは先程私が言ったUFOに関する情報を収集しているときに偶然発見されたことです。精神分析の手法が二十世紀に入って急速に進歩したことも一役買っているでしょう。我々はUFOの搭乗員と接触があったと訴える人々、UFOに連れ込まれたと言う人々などのデータを集めていました。彼らを催眠状態にし、意識の深層をさぐると、きわめて高い確率で、二つの古代文明の話を聞き出すことができることを我々は知ったのです。もちろん被験者自身、まったくそのような記憶を持っているという自覚はありません。実験後も本人には彼らの語った内容を知らせていません。これはきわめて大切なことです。我々は秘密の厳守に全力を傾けています。一九六九年の空軍の公式UFO研究機関ブルーブックの廃止などの一連の処置は情報を一箇所に集め、極力洩れる心配をなくすために行なったことです」

日下部は橘の最初の調査を思い出して思わず彼を見た。橘は何を考えているのだろうと、ふと彼は思った。

「彼らのインタビューをまとめると、その文明は決して過去のものではなく、この世に隠された形で残っているということが判ってきます。その一つがUFO、そしてもう一つは人類の血のなかに残された超人性なのです。イエス・キリスト、シャカ、ムハンマドらを始めとして挙げればきりがありません」

「その一人がこのミスター・タチバナというわけだ」

話の結論を急ぐようにフォードが言った。

「橘が――」日下部が言った。彼は自分の声がしわがれているのに気付いて咳ばらいをした。

「アレイとウォニという文明に関する記憶を持っていたことはもう知っているんだな」

フレイザーは頷いた。

「アレイとウォニ。どちらがどちらなのかは判りませんが、私が言った南北アメリカの超古代文明と海洋超古代文明を指していることはほぼ間違いないでしょう」

「まだ我々の疑問の答を聞いていない。どうやって橘を発見したのだ」

「我々は大規模集積回路の――つまり、きわめて大きな処理能力を持つコンピューターの発達を待たねばなりませんでした。コンピューターの発達はまさに分単位で進んでいます。それがなければ彼を発見することはできなかったのです」

「どういうことかね」

日下部は肘(ひじ)かけを人差し指で打ち鳴らした。

「とにかく、ありとあらゆるデータを大コンピューターにぶち込んだと思って下さい。我々はこの二つの文明の名残りをきわめて濃い形で残しているのが日本の縄文土器時代である事実に気付きました。南米にまったく同じ形式の土器が発見されているという例もあります。決め手となったのは言語学者の意見でした。プレ・インカ文明の地名と古代日本語の共通点、ポリネシア語と日本語の同根説など例を上げればきりがありません。そして、ミスター・タチバナを探し出す決め手となったのも名前だったのです」

「名前だって」

日下部は言った。

「そうです。地名や人名は遠い過去からの唯一の便りと言ってもいい。長い歴史のなかで最も純粋な形で受け継がれるのがこの地名と人名なのです」

「橘という名は確かに古い名だが、縄文時代までさかのぼるとは思えない」

「そうよ」珍しく麗子が口を開いた。「橘という姓は、源氏、平家、藤原と並ぶ日本の四大姓の一つであることは間違いないわ。でも、確か元明天皇即位の際に、県犬養三千(あがたいぬかいのみち)

代(よ)がこの姓を初めて賜ったという話が伝わっているわ」

日下部は麗子の意外な知識にびっくりした。彼は初めて気付いたが、麗子や百瀬の趣味や興味の対象などの日常的な行動を、ほとんど知らないのだった。

「その話はもちろん私のスタッフも知っているはずです。しかし、そういう話は後世に作り上げられるのが世の常です。名前の由来というのは、もっともっと過去にさかのぼるはず。特に、それほどあなたの国で由緒(ゆいしょ)正しい名ならばなおさらです。我々はある言語学者の説を有力視しました。海洋民族が世界各地に広めた古代の神としてバール、あるいはバルツという名の獅子(しし)神が知られています。ニューハンプシャーのミステリーヒルズから出土した石碑にはフェニキア文字で〝バール・タテ〟と記されてありました。日本の天竜川の水窪(みさくぼ)石碑という遺跡にも同様に〝タテ・バール〟のフェニキア文字が見られます。鳥取県の今木神社の石碑、群馬県上野村出土の石文字。まだまだあります。これらすべてに〝タテ・バール〟という古代フェニキア文字が見られるのです。意味は〝獅子神(バール)に奉(たてまつ)る〟です。そしてこのタテ・バールがタチバナの語源なのです」

「橘の祖先は超古代海洋民族で、そのトーテムは獅子だったということだろうか」

百瀬が言った。興奮した口調だった。

「そうです」フレイザーは満足げに頷いた。「そして、そのトーテムである獅子は神格化の度合いを深め、後世の海洋民族であるフェニキア人に伝わったと考えられます。同時に獅子をトーテムとしていたその古代文明そのものも神格化されていった」

「信じられん」

日下部が言った。

「そうでしょうとも。我々はたかだか二千年の有史以来の文明をもとにしてしか歴史を考えようとしなかったのですから」

フレイザーがどこか誇らしげに言った。

「しかし、こうして我々はミスター・タチバナに今出会っている」

「そうじゃない」日下部はかぶりを振った。「そんな知識をつなぎ合わせて橋を本当に探し出してしまったことが信じられんのだ。タテ・バールがタチバナだなんて……。小学生だって信じそうもない話だ」

「事実の丹念な集積は、自然と真実を引き寄せるものです。ごまんといるタチバナのなかで、彼に注目した根拠は、彼の古いカルテでした。幼児性の神経症と記されたショウジロウ・タチバナのカルテ。その原因は予知能力を始めとする超常能力だったのです。超心理学界で活躍している日本人のなかにもCIAスタッフが何人かいます。彼らが、特殊な例として保存されていたその記録を探し出しました。ショウジロウ・タチバナの家系はきわめて子供ができにくく、幼くして死亡するケースが多いことも我々の注意をひきました。あなたのお兄さんも生まれて間もなく死亡されましたね。勿論、百パーセントの確信があったわけではありませんが」

「なるほど」

日下部は頷いた。

「アメリカ合衆国連邦政府が、莫大な金と時間と労力をさいて賭けをやったことを認めざるを得ない」フォードは言った。「だが、我々は賭けに勝った」

日下部は唇をなめてから橘のほうを向いて言った。

「どう思う」

橘は目だけを動かして日下部を見たが何も言わなかった。

続いて日下部は百瀬を見た。百瀬はひかえめに肩をすくめて見せた。そのジェスチュアが何を意味するか日下部は正確にはつかめなかった。

わずかの間沈黙が続き、電話のベルがそれを破った。

日下部は救われたように立ち上がって受話器に手を伸ばした。

「あんたにだ」

日下部は受話器をフォードに差し出した。

「フォードさんですか」

受話器の向こうの声はCIAの連絡官のものだった。

「そうだ。何かあったか」

「そちらの部屋から護送してきた二人を、今担当の者が尋問し始めています」

「何か判りそうか」

「それが、専門家の話だとたいしたことは聞き出せないだろうということでした。勿論、薬を始めとしてありとあらゆる手を使うつもりではおりますが、専門家はあいつらは多分何も知らされていない下っ端だろうと言ってます」

「とにかく手がかりは奴らだけだ。できるだけのことをして結果をまた知らせてくれ」

「判りました。それともうひとつ。ＦＢＩが連絡を入れて欲しいと五分前に言ってきました。副長官じきじきにです」

「判った。また何かあったらたのむ。移動するときはこちらから連絡する」

フォードは電話を切り、ＦＢＩにダイヤルした。副長官の声は興奮を押し殺しているような響きがあった。

「フォードか。フロリダの件で大変なことが出て来そうだ」

「黒服の尻尾(しっぽ)をつかんだのか」

「多分な。まずマイアミ市当局。これはトーマス・キングストンとは直接関係ない。フェスティバルの交渉は子会社のキングストンズ・ミュージカル・サーキッツ社事業部長のサイモン・リンクという男が担当している。この男は半年前からマイアミに住み込んでこのフェスティバルの準備をしている。しかし、こいつも白。彼は本当に会社のＰＲのている。協賛が地元の放送局とブルーノート・レーベルだ。これらは勿論白。次にマフィアだが、これはむしろトーマスとは敵対関係にあると言っていい。興行権をめぐって、フェスティバル事務局といざこざを起こしたらしい。治安維持に協力してもらうとかの名目で金を渡してけりがついたらしいがな」

「するとまるっきり手がかりなしじゃないか」

「話を最後まで聞け。実は別のルートの捜査からとんでもない事実がでてきた」

「もったいぶらんで教えてくれないか」

「これくらいの前置きがないと、あんたの心臓が心配なんだよ。それくらいショッキングな話だ」

「判ったよ」

「NASAの資金不正入手の疑いの話はもうしたな。それを調査していた捜査官が二名、フロリダで姿を消している。多分何者かに消されたんだろう。その二人の腕ききはフロリダ州ケープ・カナベラルのケネディ宇宙センターで足取りが途絶えた。ケネディ宇宙センターといえばNASAでもメインのフィールドセンターで、宇宙への表玄関だ。追跡調査の結果、ケネディ宇宙センターにかなり怪しげな動きが見られるのだ」

「NASAのフィールドセンターは全部で十一か所あったはずだな。他はどうなんだ」

「自信を持って言える。残りの十のセンターは健全な運営がなされている。実はきな臭い金が動いているのはこのケネディ宇宙センターだけだったのだ。そして、その金の後ろに誰がいたと思う」

「トーマス・キングストンか」

「当たりだ。当初は、パテントや入札を巡る贈収賄程度のことかと我々は考えていた。NASAは企業にとっても金のなる木といっていいからな。ところが、それだけでは済まなくなってきた。通常運用はつつがなくされてはいるのだが、それ以外の動きが妙に活発で……」

「つまり、どういうことなんだ」

「これは我々の考えだが――」

「かまわん。言ってくれ」

「ケネディ宇宙センターごと何者かに、すでに乗っ取られている可能性がある」

フォードはごくりと咽(のど)を鳴らした。FBI副長官はさらに言った。

「たぶん、トーマス・キングストンへのフロリダからの電話というのは、このケネディ宇宙センターからかけられたものだろう」

「記録されているんじゃないのか、センターからの外線は」

「抜け道はいくらでもある。いつも君らがやっているようにな。君の情報が正しいとすれば、〝黒服〟というのはケネディ宇宙センターにすでに陣取っていると考えられる」

「証拠は。根拠は……」

「これから固めるさ。ようやく人員の無駄使いから解放されるな」

「急いで確認を取ってくれ」

電話を切ると、フォードはハンカチで額に噴き出していた玉の汗をぬぐった。

打つ手はあるのだろうか――フォードは考えた。今回の事件は、これまで彼が手掛けてきたケース――国際会議を狙うテロ行為を未然に防ぐことや、爆弾の載った飛行機を無事に降ろすことなどとはスケールが違いすぎた。

ほんのわずかの間、迷ってから、彼は部屋のメンバーに向き直った。

彼はできるだけ冗談などには聞こえない口調で重々しく事実の経過を述べた。

米国政府の面子(メンツ)にこだわっている場合ではなかった。彼は、この任務に就いて以来、初めて自分以外の者の力を頼りにしようとしていた。

タチバナの未知の力に助けを求めたのだ。

29

「よくそこまで調べたものだ」

沈黙を破って橘は日本語で呟いた。

それぞれの考えにひたっていた他のメンバーが一斉に橘に注目した。その言葉には素直な感嘆の響きがあった。

彼は英語で言った。

「確かにフォードたちの言う〝黒服〟というのはウォニと関係がありそうだ」

日下部は目をしばたたいてから百瀬と不審げに顔を見合わせた。フォードは目を細めて橘を見ている。橘は語り始めた。

「俺はアレイ人の末裔だ。何世代に一度かその血を濃く宿す人間が我が家の家系で生まれている。そして、そのなかでごく稀にその血を目覚めさせる者が出て来るのだ。そのことは、すでにフレイザー氏が調べ出していることと思う。確かに俺は、幼いころうすうす気がついていたその特別な血のことを、心の底に封じ込めていた。自分で自分に記憶喪失を起こさせたのだ」

橘はフレイザーを見た。フレイザーは居心地悪そうに唇をなめた。

「アレイというのはフレイザーの言う超古代の海洋民族だ。縄文の頃にはすでにその一大文明は姿を消し、アレイ人は海神として崇められていた。フェニキアの人々が信奉していた獅子神も実は俺の祖先であるアレイ人のことだったと言っていい。アレイ人は後世の神々の世界に多く名残りを残しているが――そのことは知っているんだろう」

橘がそう尋ねると、フレイザーは不安げに何度も頷き、おどおどと話し始めた。

「ヒンドゥーの二大神はシヴァとヴィシュヌですが、これの別名がハラとそしてハリ、ハリといいます。このハラ、ハリというのは言語学的にアレイと実に近いものです。Hの音が付いたり落ちたりは言語伝播のごく一般的な現象なのです。アラビアにおける「高貴」を表す人名のアリ。これもアレイと近い言葉なのです。アラブ世界とインド——これはフェニキア人のフィールドと言っていい海の道づたいにつながっています」

橘は頷いて続けた。

「アレイが海洋を中心とした土着の超古代文明とするとウォニは空から来た侵入者だった。ウォニも宗教の世界にはいろいろな伝説を残している。空からやって来るという伝説を持つ神はほとんどウォニ人のことを言っていると思っていい。アレイ人とウォニ人に共通しているのは、どちらも後世の人々が神格化してしまうほどの高い能力を持っていたということだ。アレイ人はもともと土着の民族だから、後世の人類のなかに自然に同化していった。だがウォニ人はそうではなかった。彼らは神として君臨することを喜び、恐怖と戒律をもって人類を支配しようとした。彼らは人類を支配するためによく契約を結ばせた。ウォニ人は契約の神だった」

〝契約の神〟という言葉はフォードとフレイザーにある特定の神を連想させた。エホバだ。

「インカ文明にも――」百瀬が話に引き込まれたように口をはさんだ。「祖先が空から来た金の卵から生まれたという伝説がある」

「それは知らなかったが――」橘は続けた。「フレイザーが言ったフロリダ半島からアンデスにかけての超古代文明というのはウォニ人の文明のことだろう。なぜあんたたちがフロリダ半島に宇宙への表玄関を作ったかを考えてみれば、頷けるだろう」

「そうだ」フレイザーが言った。「メリーランド大学航空工学のグリーンウッド博士がこう言ったことがある。〝惑星づたいに地球に侵入しようとするときは、惑星軌道平面上にルートを取るのが最適だから、着陸も当然赤道をはさむ南北回帰線沿いのベルト地帯が選ばれるだろう〟と。フロリダ半島は、宇宙から侵入する際の格好の目標なんだ」

「〝黒服〟がウォニ人に関係しているとしたらケネディ宇宙センターを手に入れたことも頷けるんじゃないのかい」

いたずらっぽくさえ聞こえる口調で橘はフォードに言った。フォードは低くうなっただけだった。

「〝黒服〟は……ウォニ人は何が目的なんだ」

フレイザーが真顔で橘に尋ねた。

「昔も今も変わらない。神として君臨し、人類をモルモットのように扱うことだ。ウォニ人は人類がこうなることを知っていたのさ。古代から人類がこの滅亡の危機を迎えることをね。もともとはウォニ人が方向づけたことだ。彼らは、この地球と、新人類のホモ・サピエンスを実験材料として選んだんだ。彼らが人類に植えつけたテクノロジー信奉の方向性は当然こういう結果を生むことは判り切っていた。ウォニ人はキングストンとまた得意の契約を結んだんじゃないのか、これも奴らの得意な手だが、〝選民〟というあめ玉をしゃぶらせてな」

「どうやってだ……。旧約聖書じゃあるまいし」

フレイザーが言った。

「あんたも知ってるじゃないか。UFOと地球人の接触がどれくらいの頻度(ひんど)で発生しているかを。ウォニ人は長い間この機会を待っていたのかもしれない。UFO発生件数は今世紀に入って急増しているだろう」

フレイザーは蒼(あお)い顔で黙っていた。

「これは――」百瀬が言った。「大切なことじゃないかもしれないがね。どうしてアレイの名だけ宗教の世界に残され、ウォニは残されていないんだろうね。不自然じゃないか」

「後世の民族との接触の仕方の差でしょう」

フレイザーが橘の代わりにこたえた。

「アレイは海洋に広く活躍して後世の民族ともこだわりなく接触した。一番アレイと接触するチャンスがあったのは、やはり最古の海洋民族と言われていたフェニキア人でしょう。フェニキア人の信奉したのが獅子神であることを見てもそれは明らかです。ところがウォニはタブーをもって人類をおさえつけた。たぶん、人々はウォニの名を口に出すことすらなかったでしょう。彼らは単に〝神〟と呼ばれたのです。ただ一国だけ、ウォニの名を神話にとどめている特殊な国がありますが」

「どこなの」

麗子が訊いた。

「日本ですよ。オニの語源は多分ウォニです。それと古事記に出て来るワニもね。ワニというのはアリゲーターやクロコダイルのことじゃない。怪物を思わせる異民族のことです。そうですね」

フレイザーに言われ、橘は頷いた。

「どうして」麗子は橘に尋ねた。「どうして日本だけ例外だったの」

「日本の地理的条件だよ。日本は太平洋の一部と言っていい。アレイ人は古くから日本に多く土着していた。日本はアレイ人の縄張りだったんだよ。だから日本の神々は海神の性格を宿したものが多い。イザナギ・イザナミもそうだ。そこへウォニが侵入して来た。天つ神と国つ神の戦いさ。アレイは残念ながら一時ウォニの支配下にくだる。日本の神話通りだ。だが国つ神は民衆の血の中に生き続けた。そして、その怨みの歴史を綴ったのが古事記さ。太安万侶に語って聞かせたのが誰か知ってるだろ」

「稗田阿礼」そう口に出してから麗子は驚いたようにわずかに目を開いた。

「そう。彼らはアレイ人の一族だった。今の俺と同じように先祖の記憶を宿した部族。それが後に稗田阿礼という一人の人間に人格化されたのさ。その意味で言えば、この俺も稗田阿礼なんだ」

「何てことだ」日下部がうつろな声で呟いた。「あんたは何もかも知っていたというわけなのか。最初から知っていながら我々の動きを面白がっていたのか」

その声は疲れ切ったように嗄れていた。

「残念ながら――」橘は言った。「そうじゃない。俺の先祖の記憶が甦り始めたのは、胸に銃弾を受けて死にかけたときからだ。死に一歩足を踏み入れることで最終的な目覚めを果したのだ」

「どうでもいいことだ」

フォードが下を向いたままそう言った。彼は顔を上げるとゆっくりと一同を見回した。

「真実だろうが嘘だろうが、タチバナの言ったことは我々には確認を取ることはできないし、またその必要もない。必要なのはどうやって黒服の計画をあばきそれを阻止するかだ」

「そのとおりだ」日下部が頷いた。「黒服は橘を何の目的で追っているんだろう。その疑問さえ解ければ、我々はおおいに有利だ」

橘は言った。

「アレイとウォニはこの地球と人類の行く末を巡って長い長い戦いを続けている。ウォニは確かに今でも大きな力を持っている。だが、そのウォニにたった一人で戦いを挑むことができるのが、アレイの戦士だ。アレイの戦士が目覚めたとき、遠い昔からのすべてのアレイ人の残留思念を、その一身に集めることができる。過去からつらなるアレイの力を、一瞬にその血のなかで爆発させられるようプログラムされているのだ。これはウォニに対抗できる唯一のパワーだ。黒服の奴らはこの俺をいけにえとしてウォニに捧げることを条件に生き残ることを約束されたのだろう」

「黒服のバックボーンが宗教的なものであるとはうすうす感づいていたが……」

フレイザーが小さくかぶりを振りながら呟いた。橘はこともなげに言った。

「歴史のなかで何度も経験していることだ。魔女狩りは世界中に普遍的な習慣だった。キリストでさえ磔にされたのだからな。すべて、ウォニがアレイの戦士の復活をおそれてやったことだ」

「日本人は無神論者が多いという話を聞いたことがあるが、実感したのは今が初めてだよ」

フォードが嫌なものを見る目付きで言った。橘は気にせずに続けた。

「日本人が古事記を素直に読めなかったのと同じに、あんたたちが聖書に対して特別な感情を持っているだけだ。旧約の神と新約のイエス・キリストとは神としての性格がまったく違うのに気付かないのか。しかもキリストは、天の神の作った戒律を否定して回ってさえいる。それにキリストは天の神と違って、民衆のなかから誕生している。一つの宗教の体系にまとめ上げるには後世の学者がずいぶん苦労しただろう」

「オーケイ。もういい」

フォードが大きな声を出した。「黒服の狙いはタチバナを磔にすること。それでいいだろう。さて、次はどうするかだ。我々はＮＡＳＡの重要なフィールドセンターのひとつであるケネディ宇宙センターを奪回しなければならない。ケネディ宇宙センターはセクションＮにとっても重要拠点だ。職員全員を解雇するのもいいだろう。軍隊を動かして実力で占拠するのもいい。ＦＢＩに大騒ぎで手入れさせるのもいいだろう。だが、我々はそれらの手のうちどれひとつも打つことはできない。犬よりも鼻の利くマスコミのレポーターや、点数稼ぎに目の色を変える議員連中に一切知られぬようにやってのけなければならないのだ。大統領特別措置令やセクションＮのことは一般の人間や政府の人間にすら、知られてはいけない。疑問を持たれることさえ許されないんだ」

フォードの顔が興奮で紅潮してくる様子を橘は静かに見つめていた。その目には一点の濁りもない。ただ冷たく岩清水のように澄み切っていた。

フォードはその目を見て言葉につまってしまった。興奮のやりどころに困ったように彼は素早く肩をすくめて苛立たしげに目をそらした。

フォードが鎮(しず)まるのを待って橘はゆっくりと言った。

「心配しなくていい」

一同は橘を見つめた。橘の口調には自信が感じられた。

「俺はそのために日本から呼ばれたんだろう」

30

黒い影が五つ、部屋の闇(やみ)のなかで音を立てずに動いているのに橘は気付いた。

五つの影は、今橘が寝ているベッドルームの隣りの部屋の窓から侵入してきたのだ。

日下部の部屋で大立ち回りを演じてから四日目の夜だった。

黒い影たちの動きは実に慎重だった。橘にあっけなく倒された、あの肉体派の二人より数ランク上の非合法工作員(イリーガルズ)を揃(そろ)えて出直して来たのだ。頭脳と肉体のバランスの取れた最も手ごわい連中が五人現れたわけだ。

もし、やろうとすることがまったく同じであったとしても例の二人とは手際も結果も、まったく違っているはずだった。

一つの影がドアのロックを確かめた。

あとの四人は橘が横たわっているベッドに近付いた。

五人とも衣(きぬ)ずれの音すら立てない。

ベッドに近付いた一人がそっと橘の寝息を確かめ、静かにしかも素早い手つきでその顔面にスプレーをふきかけた。

橘は目を開いてはね起きようとした。

スプレーは強力な麻酔薬だった。

橘が大きくもがいた拍子に、手がそのスプレーの缶にぶつかり、缶は壁まで飛んで大きな音を立てた。

五人がかりで橘はベッドに抑えつけられ、やがて力尽きたように動かなくなった。影の一人がさらに注射器を取り出し、セロファンの外装を破り捨てて、その針を橘の腕につき立てた。

橘の薬物からの異常な回復の速さを、彼らは知っていた。

ぐったりとしている橘を二人がかりでかかえ、隣室の窓際に用意してあったパラシュートの装着具のようなベルトの束をその身に手早く取り付けた。

そのとき、ドアを勢いよくノックする音がした。

「橘。どうした」

日下部だった。

日下部の部屋は橘の部屋の隣りだ。彼は異常な物音に気付いて飛んで来たのだ。

五つの影は慌てる様子もなく着実な手つきで作業を進めた。

五人は部屋のドアにロックがかかっていることを確かめてあるのだ。だが、その安心は誤算だった。

鍵をあける音がして、突然ドアが開いたのだ。廊下の薄明かりが、真暗な部屋のなかに差し込んだ。

日下部はフォードが用意させた合鍵を持っていたのだ。

日下部、麗子が続いて部屋に飛び込んで来た。百瀬も心配そうに廊下から部屋のなかをのぞき込んでいる。

窓から脱出しようとしていた五人の〝黒服〟は振り向きざまに、発砲した。

オレンジ色の炎はほとんど見えず、無煙火薬のにおいが漂う。

サイレンサー付きの二二口径はさらに二回発射された。

百瀬と麗子は床に伏せたまま動けなかった。

「部屋に戻って、危いわ」

麗子は振り返って百瀬に言った。

だが、百瀬はその言葉を聞くことはできなかった。

百瀬の額に小さな穴があき、そこから血がわずかに流れていた。サイレンサーでエネルギーが失われているため、弾は貫通しなかった。百瀬の頭蓋の内側に当たり、灰色の優秀な脳を破壊した。

五人の黒服は橘を窓から引っぱり出し、外の闇へ消えて行った。

日下部が窓に駆け寄ると、下から銃弾が飛んできて窓枠をけずった。しばらく間をおいて、もう一度日下部が窓から首を出したときはすでに黒服たちの姿はなく、脱出に使用したらしいロープが残っているだけだった。

この部屋は八階にある。信じられないほどの行動の速さだった。

麗子は百瀬の様子を見ていた。

「どうだ」

日下部は低い声で尋ねた。

「即死よ」

麗子はそう言っただけだった。

二人は百瀬の死体を部屋に引き入れ、ドアにロックをした。

「やはり——」日下部は目を閉じて言った。「プロフェッショナルだけが生き残ったな」

麗子は何も言わなかった。

——死ぬ瞬間に人間は歩んできた人生をすべて走馬燈のように見るというが……——

日下部はそう思いながら受話器を取って、ダイヤルを回した。

——百瀬はその暇もなかっただろう——

日下部は受話器に向かって言った。

「フォードか」

「計画どおりにことは運んだ。ああ。橘は予定どおり連れ去られたよ。ただ、予定外の事故が一つ発生した。百瀬博士が射殺された」

日下部はそこで言葉を切り、麗子と顔を見合わせた。麗子は動かなかった。

「至急、処理を頼む」

橘は一時間ほどで目を覚ました。

彼は頭まですっぽりと袋をかぶせられ、その上頑丈な革のベルトで手足の自由を奪われていた。

規則的なエンジン音に、かん高いジェット推進の音が重なり、寝覚めの耳をいためつけた。

浮遊感のある上下運動を感じ、橘は自分がジェット・ヘリに乗せられていることを知った。

勿論初体験だが、彼の直観力は、未経験のことでも実感できるほどに発達していた。日に何時間も行なう瞑想が彼の感覚を急ピッチで開発していた。

橘は自分がどこに連れて行かれるのか見当がついていた。

彼は五人組が部屋に現れる二日前の打ち合わせを思い出した。

「ケネディ宇宙センターには約二千五百人のスタッフが勤務している。そのうちの多くは一般の企業からの出向だ。オービターの製造はカリフォルニアのロックウェル社がすべて請け負い、整備も彼らが担当している。黒服の連中はキングストン・ファミリーの後ろ楯により、そのような外部スタッフとして入り込んだということが判ってきた」

フォードはＦＢＩの報告書のコピーを見ながら橘たちに語った。

「ケネディ宇宙センターはそのほんの一握りの人々によって思うがままに動かされているようだ。今まで誰も気がつかなかったのは、通常のスタッフが通常の勤務を何の支障もなく続けていたことがひとつ。目立ったプロジェクトがここのところセンター内で行なわれなかったことがひとつ。そして、キングストンが一握りのトップの連中だけを抱き込み、一般のセンター職員にも、〝黒服〟のやっていることを極秘扱いしていたことの三点が理由だ」

「ＦＢＩは証拠を握ったのか」

日下部が尋ねた。

フォードは複雑な顔をして答えた。

「物的証拠は何もない。NASAは政府機関だからおいそれと手入れするわけにもいかんし、我々がそれを止めている」

「なぜだ」

「セクションNの……いや、大統領の希望だ。この件だけはマスコミや一般の国民に知られるな、という……」

「そこまで調べ上げただけでもFBIをほめてやらにゃいかんというわけか。〝黒服〟はいったい宇宙センターの連中にすら秘密で何をやってるというんだ」

フォードは肩をすくめて見せた。何も判らないというゼスチャーだ。そして言った。

「ただ、センターの北端にある39B発射台の西方二マイルのところに新しい工場のようなものを建設して何かやっているらしい。これはスペースシャトル組み立てビルのちょうど二マイル北にあたる場所だ」

〝マイル〟で言われると、日下部や橘はどうもピンとこない。彼らはだいたい二マイルを三キロと考えることでようやく距離感をイメージすることができた。

フォードは続けた。

「この新しい工場のあたりは河が入り組んで森や草原があり、アリゲーターや猛毒を持った蛇がうようよしているので有名なところだ」

「いったいケネディ宇宙センターというのはどんなところなんだ」

橘が尋ねると、フォードは簡単に説明した。

インディアン川とバナナ川にはさまれた砂州の上にあるケネディ宇宙センターは、東京二十三区をすべて合わせたより広い面積を持っている。バナナ川をはさんでかつての宇宙への玄関であるケープ・カナベラル空軍基地と隣り合っているが、このケープ・カナベラルのロケット発射台はほとんど廃止されている。

最も新しい発射台はスペースシャトル・コロンビア号を打ち上げた39Aと39Bの二つで、センターの北にある。このあたりは自然保護地域にもなっている。

「なるほど。日本とはスケールが違って工場のひとつやふたつできたところで誰も驚かないというわけか」

橘は言った。

「さて」フォードはファイルをテーブルに投げ出した。「我々はどういう作戦を立てねばならないかを必死に、しかも早急に考えねばならない。ウォニ人とやらの話を信用するとしたら、その工場でとんでもないものを作っている可能性がある」

「獅子身中の虫というわけだな」

日下部が呟いたが、フォードは意味がよく判らないのかそれを無視して続けた。

「まず、どうやって侵入するか、だ。もめ事を起こしてはならない。一般職員にとがめられることはないだろうが、黒服の奴らが必ずトップに手を回して、我々の侵入を阻止(そし)するだろう」

「黒服の連中のところへ侵入する手間など考えなくていい。黙っていれば、この俺をそこへ連れて行ってくれる」

　橘は事もなげに言った。

「単独で敵の本陣に乗り込もうというのか」フォードは目を細めた。「みすみす切り札を敵に手渡すようなものだ」

「そう。それに危険だわ」

　麗子はきっぱりとした口調で言った。荒事(あらごと)に関しては橘よりずっと多く場数を踏んでいるという自信が彼女にはあった。

「それくらいしか方法は思いつかない。どんな手を打つにしても大げさになって人目につくか時間がかかるかだ。幸か不幸かこのホテルのこの一角はアメリカ当局の息がかかっているから、多少のごたごたは揉(も)み消しやすい。そうだろう」

「それはそうだが――」フォードが言った。「敵が君を捕えてもケネディ宇宙センターへ運ぶとは限らない。別にアジトがあるかもしれないし、ボストンのトーマス・キングストンのところへ行っちまうかもしれない」

「もっと自分の手の者を信じたらどうだ」

橘が言った。

「どういうことだ」

「どんなに探し回っても、黒服の尻尾をつかめなかったんだろ」

「なるほど――。ケネディ宇宙センター以外に彼らのアジトなどないということか」

「そう思わせてもらっていいんだろうな。あんたの情報網しだいだ」

「判ったよ。黒服はケネディ宇宙センターにしかアジトはない。私が請け合おう」

「もうひとつ。俺がトーマス・キングストンだったら、絶対に爆弾を身近に置くようなことはしない。CIAが周りをうろうろしているんだろう」

「それも一応は頷けるな」

「だったら決まりだ」

橘は素早く一同の顔を見回した。

「後の態勢は――」日下部は咳ばらいをした。「我々に任せてもらおう。トーマスのほうはひきうけた。それでいいな」

日下部はフォードを見た。彼は頷いた。

「そしてこれは決定的な俺たちの持ち駒になるだろうが――」橘は言った。「奴らは誤算をし、多分それをまだ充分に自覚していない」

エレベーターが降下するような感じで、橘はヘリコプターが着陸しようとしているのに気付いた。

彼は眠った振りを続けることにした。彼は車に乗せられ、五分ほど行ったところで建物のなかに運ばれた。そこはインディアン川の支流の脇の灌木（かんぼく）と草のしげみのなかに建てられた一見して工場と判る建物だった。

林の向こうには高さ百六十メートルのシャトル組み立てビルディング（VAB）が闇の中に白く浮かび上がって見える。この〝工場〟もその巨大なVABに劣らぬ大きなものだった。

橘を詰め込んだ大きな麻袋は、建物に入ってすぐ右手にある簡易休憩室に運ばれ、粗末（そまつ）な固い鉄パイプで組んだベッドの上に投げ出された。

工場の作業場への扉は固く閉ざされ、秘密のにおいをぷんぷんと漂わせていた。

橘が取るべきただひとつの方法は待つことだった。待てば敵は必ずチャンスを橘にくれるはずだ。

待つこと——それはアレイに与えられた、ウォニに対する戦いの方法のひとつでもあったのだ。

31

「ボストンからだ」

ワシントンのホテルの部屋で日下部は電話を受け、その受話器をフォードに差し出した。

麗子とピーター・フレイザーがその様子を黙って見つめている。

「トーマス・キングストンが姿を消したって？」

フォードは日下部の顔を見た。

日下部は眉をひそめた。

電話に向かってフォードは言った。

「どういうことだ。詳しく話してくれ」

ボストンの調査員が、トーマス・キングストンの不在に気付いたのは今朝のことだという。

秘書にさりげなく問い合わせたところ、前日から出張に出かけ、戻る日は未定ということだった。

電話を切り部屋にいるメンバーに手短かにその事実を告げ、フォードは言った。

「小僧を一人雇っているだけの酒屋のオヤジとは違うんだ。あれほどの会社の社長が、予定を秘書にも教えず出張に出るなど有り得ないことだ」

「君の仲間がうまくごまかされたんじゃないだろうな」

日下部は言った。

「秘書は私の仲間をごまかす必要があるなんてことは針の先ほども知らないだろう。トーマス・キングストンはどこかへ出かけた。それもボストンにいるＣＩＡの目の届かないところへだ」

「フロリダよ。ケネディ宇宙センターだわ」

麗子が思いついたように言った。

「私もそう考えていたところだ」

日下部がフォードに言った。フォードは重々しく頷いてみせた。

「その可能性は充分にあるが、そうでないかもしれん。本当にビジネスの出張かもしれないし、フェスティバルの開かれるマイアミ・ビーチへ出かけたのかもしれない」

「それなら秘書が知っているはずだ」日下部が言った。「やはり、ケネディ宇宙センターの線が濃いと思う」

「私たちもフロリダへ行くべきだわ」

麗子がフォードの顔を見た。

「行ってどうなる」とフォードは言った。「私は、この手のなかにアメリカ中のありとあらゆる情報のネットワークを握っているんだ。我々のチームはキーステーションであればいい。いいかね。司令本部が最前線へ出てはならないのは誰にでも判ることじゃないか」

「君のネットワークはよく働いてくれた」

日下部は麗子に同調した。

「だが、ここまでが限界だ。なぜなら、彼らは事の本来の意味あいを知らない。最後は我々が腰を上げなければならないと私も思う」

「君たちは」フォードは低くうなった。「感情的になっている。タチバナ一人を潜入させるといういささか無謀とも言える計画のせいだろう。君たちは、作戦よりもタチバナの身のほうが大切だと考えているんだ。この仕事に就く者の考え方じゃない」

一瞬の間を置いて日下部はゆっくりと頷いた。

「そのとおり。我々は橘の身を案じている。君の国のいざこざに、日本国民の橘がただ一人命を懸けていることが理不尽だと思わなくもない。私は、あなたが、黒服を叩きつぶし、トーマス・キングストンの目論見を明らかにするためなら橘を犠牲にしてもかまわないと考えているのではないかと疑ってさえいるのだ」

フォードは日下部を見つめたまま何も言わなかった。

日下部はさらに言った。

「だが今はそんなことを言っているときじゃないことも充分に理解している。我々はいたずらに感情的になっているわけではないのだ。橘はケネディ宇宙センターの謎の工場にすでに潜入しているだろう。我々の役割はトーマス・キングストンをマークすることなんだ。ここで、コーヒーを飲みながら橘がみやげを持って帰って来るのを待つことじゃない」

フォードはソファの上で腕を組んでじっと話し続ける日下部を見ていた。日下部は、言いたいことはすべて言ったというように一つ大きく息をついた。

フォードは目を閉じた。そして、その目を開くと同時に立ち上がり、電話に手を掛けた。そのまま誰の顔も見ずにダイヤルを回した。CIAの連絡官が相手だった。

「デーヴィッド・フォードだ。トーマス・キングストンはフロリダへ行ったと思われる。ケープ・カナベラルあたりでその姿を見た者がいないか、全力を上げて洗い出せ。彼の行方をつかむんだ。FBIと協力しろ。いいか、この件に関してだけはFBIとの縄張り争いはしないでくれ。担当者全員にこれは徹底しておけ」

そこで彼はいったん言葉を切って、相手が確認するのを待った。そして次に彼はさらにはっきりとした声で告げた。

「我々はこれからオーランドへ行く。向こうへ着きしだい、また連絡を入れる。いいな」

フォードは電話を切った。

ケネディ宇宙センターはディズニー・ワールドで有名なオーランドから東へ車で約一時間のところにある。

日下部は黙っていた。議論に勝利したことで、彼は満足感よりも気恥しさに似たものを感じた。

フォードはピーター・フレイザーに向かって言った。

「君はここで待機してくれ。黒服がここを襲う心配はもうない。タチバナから連絡が入るかもしれないからな。連絡が入ったらどう動くべきかは判っているな」

「任せてください。セクションNはただの科学者集団じゃありません」

「さあ」

フォードは日下部と麗子の方に向き直った。

「出発の準備をしてくれ。君たちの望みどおり最前線へ行こうじゃないか」

自家用の双発ジェット機のなかで、ゆったりとしたソファにくつろぎ、上等のスコッチをなめながら三つのファイルに目を通し終えたキングストンは、さらに深くソファに身を沈めて吐息を洩らした。

機はフロリダ半島へ向けて星のなかを飛行していた。

彼はぼんやりとした眼差しを暗く小さな窓に向けて親友だったダニエル・ハザードのことを思い出していた。

——私たちは同じ目的のために助け合えるはずだった——彼は心のなかで呟いた。——私は知っていることを全部彼に打ち明けたし、彼も懸命に調査を続けてくれた。二人を分けてしまったものは何だったというのだ。私も彼も自分自身の利益などこれっぽっちも考えたことはなかったというのに——

彼はもう一度大きな溜息をついた。そしてたった一人のキャビンで声に出して呟いた。

「友人を政治家にはしたくないものだな」

確かにゆっくりとベッドに横になっていられることが最高の贅沢だと思っていたこともあったが、橘は麻袋に包まれ、革のベルトで締めつけられたままいつまでも寝ている気はなかった。彼は、合理的に最大限の力を発揮する方法を悟っていた。

何代も前の先祖の記憶のひとつで、それは呼吸法と深く結び付いていた。

それは中国拳法の発勁という高度な技法に似ていた。ワシントンのホテルで黒服のファイターを倒したときと同じ術だった。

彼は何度か深い腹式呼吸をして、体中に満ちてくる熱い力を下腹に凝縮させた。

ゆっくりと息を吐きながら、さらに下腹に力を込めてゆき、最後に、かっという音を咽（のど）の奥から発して、その熱い力を全身の筋肉に向かって爆発させた。革のきしむ音がして、次に金具がはじける小気味よい音がした。

生まれ変わった彼の筋肉にとって麻の袋など紙袋も同然だった。

部屋は無人だった。

そっとベッドから降り立ち、橘は猫の足取りでドアに向かった。鍵はかかっていない。この工場自体が、黒服以外の立ち入れるところではないので、部屋に鍵の必要がないのだ。

橘はドアに両手を触れて目を閉じた。両手に精神を集中させると外の気配を感じることができた。先祖の記憶はそんな技法までも彼に教えてくれていた。

外には二人の人間の気配があった。ドアの両側に立っている。

橘は一度深呼吸をしてからいきなりドアを開いて飛び出した。廊下の白い蛍光灯の光が一瞬橘の目を射た。

二人の見張り番は橘が飛び出して来た瞬間に腰を低くして、12ゲージのショットガンを構えようとした。驚きの声を上げようともしない。鍛（きた）え抜かれた職業軍人に匹敵する冷静さと反応の正確さだった。

コンマ何秒かの勝負だった。ショットガンの引き金を引かれたら、運よくその小型爆薬ほどの破壊力のある散弾の雨を避（よ）けられたとしても、工場全体が蜂（はち）の巣をついたような騒ぎになってしまう。

橘は迷わずに真っ直ぐ自分の左手にいる男に右の正拳を力の限り叩き込んだ。赤いものに白い破片が交じって飛び散った。その飛沫が宙にあるうちに、橘はすでに全身の力を失ったその男を楯にした。

もう一人は、一瞬のためらいを見せた。

その瞬間に橘の勝利が決定した。

楯にしていた男をつき飛ばした。男の体は、弾丸と化してもう一人に激突した。次の瞬間、二人目の男は、首に橘の手刀を食らって、床にくずれ落ちた。

橘は、その二人を、今まで自分が寝かせられていた部屋に放り込んで、左右の様子を窺った。見張り番の二人の反応の良さを見ても、黒服が優秀な軍隊なみの訓練を受けた連中であることは確かだった。

橘は全身の神経のアンテナをフルに働かせた。

部屋のドアに向かって右手がこの建物への入口で、左手が廊下の角になっている。廊下の角に行きつくまで、ドアが三つ並んでいた。

橘は足音を立てずにその三つのドアの前を走り抜け、角を左へ曲がった。つきあたりは頑丈な鉄の扉だった。

扉は押しても引いてもびくともしない。扉の表面には鍵穴らしいものが何もない。扉は電子装置によって厳重にロックされていた。

他に侵入路はない。

橘がドアに両手をついて、周囲を見回しているとき、廊下の角から数人の駆け足の音が聞こえてきた。

隠れ場所はどこにもない。橘は奥歯を咬みしめた。

廊下の角から現れた黒服の兵士は五人だった。手には細長い箱をT字型に組み合わせたオモチャのような銃を持っている。米RPB社が誇るサブマシンガン、イングラムMAC10だ。

全員が黒のニットのユニフォームを身に付けている。目の色は様々だが、感情のとぼしさだけは共通していた。

橘はドアにはり付いたまま動けなくなった。相手が素手ならば、プロレスラー五人でも向かっていくところだが、丸い小さな五つの銃口は、すべての反抗心を奪い去ってしまう。

橘は全身から力が抜けて行くのを感じた。

兵士たちが何も言おうとしないのが不気味だった。彼らはただ一分間に九百五十発の弾を吐き出すことのできる銃口を、じっと橘に向けているだけなのだ。

ふと橘は背中に、小刻みな震動を感じた。モーターが回る小さな音がどこからか聞こえてくる。

橘は目だけ動かして、あたりを見回した。音は不動だったドアから聞こえていた。

少しずつドアが開き始めたのだ。

その隙間(すきま)から、明るい光条が廊下に差しこんできた。

32

ホテルに一人残ったピーター・フレイザーはベッドに体を投げ出して、体の節々のだるさや痛みに耐えていた。顔に脂が浮いて気持ちが悪かったが、それを洗い落とすために、洗面所まで行くのさえつらいのだった。

極度な緊張が彼をくたくたに疲れさせていた。

フォードや日下部から解放された瞬間から、フレイザーはずっとこうして、ストレスを心身から少しずつ流れ出させる時間を過ごしていた。

フォードの連絡係という役割だけが彼を疲れさせていたのではなかった。心理的苦痛の要因はもうひとつあった。

彼は、二時間ほど、横になって、浅い眠りとつらい現実の間をさまよっていたが、やがて、起き上がって、両手でごしごしと顔をこすった。

こめかみと目頭がうずいていた。

それでも彼は、そのもうひとつの心理的苦痛の要因の件で電話をしなければならなかった。彼はおそるおそる受話器を取って、慎重にダイヤルを回した。

最初の相手が出てから五分待たされ、フレイザーの目的の人物が電話口に現れた。

「セクションNのピーター・フレイザーです。デーヴィッド・フォードら一行はオーランドへ向かいました。ケネディ宇宙センターにトーマス・キングストンが移動したのではないかと考えて、基地をオーランドへ移したわけです。タチバナは、NASAの例の工場へ潜入した模様です」

「よろしい。すべては計画通りなのだな。誰にも本当のことは知られていないわけだ。いいか。このことは大統領ですら知らない」

「判っております。ハザード補佐官。しかし、フォードは身近にいすぎます。いつかは真実を知られてしまうのではないかと、私は心配で……」

「いいかね」大統領補佐官ダニエル・ハザードは声を落として言った。「今さら、黒服とセクションNはもとは同じ組織だった、などとは誰にも知られるわけにはいかんのだ。これは、私と君たちだけで片付けなければならない。そのために、わざわざセクションNの総指揮官に大統領を祭り上げているんだ。勿論、形式だけではあるがな」

「それは私も、充分承知しております。ただ、分裂の仕方が問題でした。非合法工作員と金と工場を奴らは取り、それが〝黒服〟となりました。私たちに残されたのは科学者だけの集団でした。それが今のセクションNの前身となったわけです」

「十年も前に、私とトーマスが始めたことだ。私の情報収集力と彼の財力を武器としてな。組織は知らぬ間に大きくなった。私は、彼のあまりに宗教的な目的に疑問をかくせなくなった。彼は私の現実主義を、本当の目的が見えていないと罵(ののし)った。とにかく、これは起きてしまったことなのだ。計画は順調だった。しかし、私とトーマスの主張の食い違いから、米国史上最大の輝かしい事業になるべきものが、二つの組織に分裂して闇に葬られねばならなくなってしまったのだ」

「それでも、私たち科学者にこれだけの権限を与え、セクションNという組織にまで仕立ててくれました」

「お世辞はいい。その代わりに、黒服が私たちのまったく目の届かぬ存在になってしまったのだからな。彼らは逃げ道を知り抜いている。今では国内のどのテログループより正体の知れない団体になってしまった」

「フォードはうまくやってくれるでしょう」

フレイザーは言ったが、それが何の気安めにもならないことを充分に彼は知っていた。

「感傷的なことは言いたくないが」電話を切る間際に、ダニエル・ハザードは言った。「今でも、トーマスが黒服とは無関係でいてくれはしないかと思っているよ」

「お察しします」

フレイザーはそれしか言うべき言葉が見つからずに、後味の悪い思いで受話器を置いた。

オーランドでホテルに落ち着いたフォードはさっそくCIAの連絡官に電話を掛けた。

日下部と麗子はルームサービスのコーヒーを飲んでいた。疲れた日下部の舌にはコーヒーも泥水も似たようなものだったが、それでも、その芳香はわずかに彼の心をなごませた。

コーヒーカップが床に落ちる音に驚いて、日下部は目を上げた。

麗子がじっと宙を見すえている。その右手はコーヒーカップを持っていたときのままの恰好（かっこう）で胸の前に置かれている。

麗子はコーヒーカップを拾おうともせずに身を固くしていた。

「気分でも悪いのか」

日下部は尋ねた。

麗子は何も答えず、同じ恰好で目を大きく見開いている。その日だけが小刻みに、何かを探るように動いていた。

日下部は麗子がヒステリー状態になったのではないかと思った。彼は思わず自分の手にあるコーヒーカップを見つめた。コーヒーに薬物でも入っていたのではないかと疑ったのだ。しかし日下部には何の変化もない。それはただの多少薄いのが気になるだけのコーヒーだった。

電話を切ったフォードは足早に二人のそばへやって来た。

「確認がとれた」フォードは言った。その口調は、CIAやFBIの調査員たちの並々ならぬ努力に反して淡々としたものだった。「トーマス・キングストンは間違いなくケネディ宇宙センターに向かった」

フォードは、日下部と麗子の様子に気付いた。

「どうしたんだ」

フォードは尋ねた。

「彼女の様子がおかしい」

日下部は麗子から目を離さぬまま言った。フォードは硬直してしまったように椅子に腰掛けている麗子とその足許に転がっているコーヒーカップ、そしてカーペットに広がったコーヒーのしみを眺めた。

「何があった」

フォードは日下部に尋ねた。

「判らん。突然こうなっちまったんだ」

二人が見つめるなかで麗子がぴくりと動いた。そして、その目に正常な光が戻った。

目をしばたたいた彼女は、自分を見つめている二人を逆に不思議そうに見返してから、落ちていたコーヒーカップに気付いてあわててそれを拾い上げた。

コーヒーカップを両手で握りしめるように持つと、彼女は呟いた。

「わたし……」

彼女は小さくかぶりを振った。

「どうしたんだ」

日下部が尋ねた。

「どう言ったらいいのかしら……。突然……突然に橘さんを……感じたんです」

日下部とフォードは顔を見合わせた。

「まるで目の前にいるように……。いいえ、もっと違う感じ……。そう、風みたいに私のなかを通り抜けて行ったみたいに」

性的に興奮したときのように、麗子の目がみるみるうるみ始めた。

「橘さんは今――」彼女の口調は急に不安げなものになった。「危機に瀕しているわ。とても危ない状態に……」

「こいつも東洋の神秘というやつなのか」

フォードは日下部に真顔で訊いた。

日下部は何も言わなかった。

「橘さんが危ない。彼は私にそれを知らせてきたのよ」麗子は手のカップをさらにきつく握りしめた。「こんなことは初めて。自分でも信じられないわ……。でも……」

日下部は唐突にフォードのほうを向いて強い口調で言った。

「すぐに出発できるか」

「今、電話付きの車を用意させている。それが着きしだい」

「どれくらいかかるんだ」

フォードは肩をすくめた。

「じきだ。十分以内には」

「ぐずぐずしてはいられなくなったようだ。宇宙センターのゲートのガードマンを買収してでも、殴り倒してでも例の工場へ行かなければならない」

「極力避けたい手段だな」

「とにかくすぐに出発しよう」

日下部は立ち上がった。

フォードは時計を見てから両眼の間を軽くマッサージした。時刻は午前一時だった。

日下部は日本国内では使用することが皆無のコルト製口径三五七のリボルバーを旅行鞄(かばん)の底から取り出しながら思った。

――橘は巫女(みこ)に岸田麗子を選んだ。

彼は誰にも気付かれぬほど小刻みにかぶりを振ると、そのばかげた考えを頭のなかから追い払った。

33

ゆっくりと横にスライドし始めた重厚な扉の向こうは、まぶしい光に満たされていた。何基ものサーチライトで向こう側から照らされている。

橘はその場にそぐわないなつかしさに似たものを感じた。ピンスポットライトを当てられてステージに立っている自分を一瞬思い出したのだ。

扉は長い時間をかけて開ききった。

まばゆい光を背にして体格のいい男のシルエットが見えた。

五人の黒服の兵士たちは、橘を作業場のなかへ押し込むと、彼を牽制(けんせい)しながら、そのシルエットの側へ回り込んだ。六つの影が橘を見すえる恰好になった。

橘は漠然と、自分がここで死ぬかもしれないと思った。そんなときに、彼が思い出したのは岸田麗子の面影だった。

「ショウジロウ・タチバナ」

シルエットのひとつが言った。それは深い落ち着きのある声で、うっとりとした満足の響きがあった。

「ようやく私は君に出会うことができた」

橋はぼんやりとその影のほうを見返した。その目からは戦士の気迫が失せていた。

「私たちはずいぶんと手間と時間とそして金をかけて君を探し出した。そう。ちょうどそれは千人ほどの従業員をかかえた会社をひとつ設立するにも等しいものだった」

「トーマス・キングストン……」

橘は呟くように言った。

「あんたがトーマス・キングストンだな」

ゆったりと間を取ってから影は言った。

「そのとおり。この私がトーマス・キングストンだ」

その間の取り方は、今交されている会話をできるだけ価値あるものにしようという意図を感じさせるものだった。

「この俺を探し出すために——」橘の口調に力はなかった。「そんな無駄使いをするから、アメリカの失業者が減らないんだ」

「君を探し出すことに比べれば、ささいな問題と言わねばならないだろう」

「今気付いたんだが、それだけのことをあんた一人でできるわけがないな。あんたにはそんな時間も金の余裕もないはずだ」

「君はキングストン・ファミリーの偉大さをよく判っていないようだ」

「鍛冶屋の親父だろうが、コングロマリットのボスだろうが同じことだ。あんたたちのような人種は道楽のために莫大な金をドブに捨てるような真似は決してしない。人ひとりを動かすためにも少なくない金がかかる世の中だ」

「さすがに君は頭が切れる。お察しのとおり、私には心強い協力者がいた。いや、彼らは私の金を利用するつもりでいたらしいがね」

「心強い協力者……」

「見当がついているのだろう。君のことだからな。君はただ厄介事に巻き込まれて振り回されているだけの人間では決してないはずだ」

橘は唇をなめた。唇はからからに乾き、舌の先にも水気はなかった。彼は言葉を押し出すようにして言った。

「合衆国連邦政府か」

「君にだけは本当のことを言いたい。それが私の君に対する義務だと思っている。そのとおり。私は連邦政府との協力で君を探し出す調査活動を開始した」

橘は微熱が続いたときのようなけだるさを全身に感じた。誰も彼もがマリオネットのように踊らされていただけだったのだ。

彼はまぶしい光と六人のシルエットから目をそらした。そのまま床の上に坐り込んでしまいたいのを辛うじてこらえていた。

トーマス・キングストンは、上品な口調で話し出した。

「幼い頃からの親友が、政府の要職に就いている者のなかにいる。彼とは長いつき合いだ。ハイスクール時代はガールフレンドの奪い合いもしたし、大学では同じフットボールのチームメイトでもあった。親友というのはこの年になってもそう多くいるものではない。人生における大きな宝だ」

昔をなつかしむような口調のキングストンの話を、橘は下を向いて肩を落としたまま聞いていた。

「すべてはその男と始めたことだ。彼の名はダニエル・ハザード。彼も私も人類の未来に悲観的だった。ダニエルは職務上、私より骨身に浸みてそのことを知っていたかもしれない。彼は、ただ一人の男の判断で、仮想敵国を消滅させてしまう量の五倍に当たる核兵器を発射するスイッチを入れることができるのを知っている。議員たちの持っている様々な委員会は、地球的規模の自然破壊の話をこと細かに調べ、話してくれる。ジェット機が一分間に人間ひとりの一年分の酸素を奪って、自然に帰ることのない汚染物質に変えて飛び交っているのが今の世の中なんだよ。それでも人々は車を手離そうとせず、木を切り倒し、海や河を汚している」

橘はゆっくりと顔を上げた。キングストンは話し続けた。

「年々増加し続ける二酸化炭素によって地球全体の温度が上昇し続け、極地の氷が融けてしまうという学者もいる。逆に大気中に蓄積していく汚染物質が太陽光線をはね返し、地球中が冷蔵庫のように冷えてしまうという学者もいる。全面核戦争が起こるという者もいる。どれが本当か私には判らない。しかし、はっきりしているのは、それがきわめて近い未来にやって来る話で、私たちはこのふるさとの星を放棄しなければならなくなる可能性が強いということだ」

「ばかな……」

橘は言った。

「そう。ばかな話だ。だが、そのばかな歴史は、絵空事ではなくはるかな昔に実際にあった話だということは君も知っているのではないのかね」

橘は黙っていたが、キングストンが、何を言いたいのかは理解していた。

「文明の発展の方向とスピードは誰にも変えられない。どんな戒律を作っても……神にですら、だ」

「そうさ」ゆっくりと顔を上げながら橘は言った。「あんたの言う神には変えられない」

その言葉に対してキングストンは何も言わず話を続けた。

「私はあるとき、自分の使命を知った。若い頃に私はやり手のビジネスマンの多くがそうであるように、仕事と私生活の板ばさみで心の病にかかった。精神科医は私に催眠療法を試みた。私は幼い頃の失われた記憶をそこでとりもどした。私は、子供のころ〝神の船〟のなかで九日間すごしたことがある。私の心の奥にあった〝神の言葉〟がそのときに目覚めたのだ。そう。ちょうど君と同じようにね」

橘は光をじっと見つめていた。キングストンの話し声だけが三階まで吹き抜けの工場のなかに響いた。

「私はその〝神の言葉〟のお陰で今の成功を収めることができたのだと信じている。神は、私が君を探し出すために働く代償として、キングストン・ファミリーを私の望むままに発展させてくれた。私はそう信じている。そして、私に充分な財政的基盤と社会的立場ができたと自覚したとき、私は親友であるダニエル・ハザードに話をした。彼はワシントンのエリートで、私の話の相手としてもってこいだった。十年の歳月が二人の上を流れて行った。私は金銭的に彼をバックアップして私の使命を全うするチャンスを待った」

「ノアの方舟(はこぶね)でも作ろうというのか」

「私たちが作る必要はない。私たちは〝神〟の乗る母船へ使いを出せればそれでいいのだ。だが残念ながらダニエル・ハザードはそこのところを理解できなかった。彼は、政治の世界にひたり切っていた。彼は私との計画を国家事業と見なし、ソ連を出し抜くチャンスと考えた。彼は人類が——アメリカ合衆国が独力でノアの方舟を作ることだけを夢見ていた。二人は別れざるを得なかった」

「かつての仲間であった科学者を殺して歩いているのは何のためだ」

「彼らは弱い人間たちだ。彼らのところから外に情報が洩れるおそれがあった。私が最も胸を痛めている出来事だよ」

「あんたたちは科学者グループを敵に回している。それでその使命とやらを全うできるのかい」

「ある段階から科学者は必要なくなる。今の我々には、学界における権威などまったく必要ない。必要なのは、有能な技師と有能な作業員だ」

「その作業員のなかにはイリーガルズも含まれているわけだな」

「そう。だが、その数は決して多くはない」

「それを聞いて安心したよ」

「非合法工作員は優秀な者を少数そろえればいいと私は考えていた。政府の連中は、実際よりはるかに多人数を想像しているらしいがね。実際には三十人に満たないのだよ。我々は戦争をするのではないのだから非合法工作員などそれほど必要ではない。我々の目的は人類の救済なのだ」

「人類の救済などと言えば聞こえはいいが、あんたの言う〝神〟とやらに人類を売るスパイをあんたはやっているわけだ」

「何とでも言いたまえ、どちらにしろ地球上では人間は生きることができなくなるのだ」

「誰が言ったんだ？　神か？　そんなこと信じやしない。信じたときに人類は敗北するんだ」

「私の言うことが嘘だと言うのかね」

「そうだ。だからこそ、この俺を捕えようとしたんだろう」

トーマスは言葉につまったようだった。

「あんたたちにとって俺は厄介の種だった。俺は遠い先祖の記憶を探って、知ってしまっているからな」

橘はこともなげに言った。

「あんたたちの〝神〟はいまだに地球を実験室だと思っていることをな」

長い沈黙があった。

キングストンのシルエットが溜息をついた。彼は話し出した。

「我々はふたつの誤算を犯した。ひとつは、我々より先にダニエルたちが君を手に入れてしまったこと。彼にとって君は何の利用価値もないはずなのに、だ」

「少なくとも、黒服と呼ばれるあんたの組織をおびき寄せる餌にはなった。そして俺は、その黒服を叩きつぶさなければならないはめになった」

「そしてもうひとつは、君を彼らが目覚めさせてしまったことだ。君は何も知らぬミュージシャンとしてマイアミのステージに立ち、そこで神の生贄となるはずだった」

「物事は予定通り進まないのが世の常さ」

いつの間にか橘の目に生きいきとした光が甦っていた。自分がここで何をすべきかをはっきりと思い出したのだ。

「私の目的は君を探し出してマイアミのステージに立たせることだった。今でもそれは変わっていない。君はそこで神と戦い、そして敗れる。人々は再び〝神〟の存在を知り畏れ始めるのだ。私たち黒服は神のしもべだ。病める人類には〝神〟への畏れが必要なのだ」

「俺のここでの目的もはっきりしている。黒服を再起不能にすることだ。ステージには立つよ。ミュージシャンの俺にとってはまたとないチャンスだからな。だが、その前にひと仕事だ」

静かにキングストンの影は後ずさりを始めた。

橘はゆっくりと全身に緊張をみなぎらせていった。

突然、四方の壁がまぶしく輝いた。キングストンの背後にあった光と同じ明るさで部屋全体が輝き始めたのだ。そのとき初めて、橘はキングストンの姿を見た。

ダークグレイの三揃いのスーツがたくましさを残した大きな体によく似合っていた。つき出た鼻が印象的だ。

だが橘の目は、キングストンにではなく、その横手にある巨大なものに釘付けになってしまった。

「こいつは……」

上を見あげたまま、橘は呟いた。

何本もの金属の棒や板が交差するなかでそれは青白く四方の壁からの光を反射していた。巨大なじょうごをふせたような底辺部。その上に平たい円筒形のものが載っている。ケネディ宇宙センターの秘密工場で、キングストンたちは〝空飛ぶ円盤〟を組み立てていたのだ。

「我々が科学者グループと訣別した理由はこれだ。我々には、彼らの科学力などもはや必要ないんだよ。この頭のなかに、実に正確に神からのメッセージが残されている。それがすべての不可能を可能にしてくれた。我々と別れるはめになった科学者たちは、かわいそうにこの見事な〝空飛ぶ円盤〟の設計図すら見ることができなかった。これは、私が選ばれた者であることの証明だ」

橘は大きく息を吸ってきっぱりと言った。

「そんなに実験動物に成り下がりたいのか。それならそれでもいい。だが、この地球を奴らに売り渡すことだけは許さない」

キングストンは射るような目で睨み返した。さきほどまでの柔らかな物腰が消え、使命感に取り憑かれた者の狂気じみた光がその目にあった。

橘は静かに言った。

「俺たちはそのために戦い続けてきたんだ。この地球は海神と賢明な人々とで守り抜いてみせる」

「どうやって」キングストンの頬が歪んでヒステリックな笑いを刻んだ。「どうやって戦おうというんだね。計画は確かに多少狂った。しかし結果は同じだ。君は新しい神のために死ぬんだ」

「文明は進歩しても愚かな人間はちっとも変わってやしない。やってることは一万年前と一緒だ。〝邪魔者は消せ〟か」

「そのとおり。それが、人間が神に近づけない由縁だ」

「だったら、あんたたちも俺には近づけない。あんたたちには俺を捕えることはできない」

「私は自信のある人間は嫌いではない」

キングストンは橘を見下すような笑顔を作って言った。

「自信を持った人間は、あるときはその能力以上の仕事をやって我々を驚かせてくれるものだ。しかし、同時にしばしばそれが命取りに……」

キングストンの顔から笑顔が失せていった。代わりにその顔に刻まれたのは不安を表わす深いしわだった。

キングストンは、工場内に異変が起こったのを悟った。大型冷蔵庫を何台も集めたような連続音が聞こえてきたのだ。

最初、それはかすかな唸り(うな)から始まった。

橘は直立したままだった。その目が夜行性動物のようにぎらぎらと凶暴そうな光を放ち始めたのに、キングストンと彼の兵士たちは気付かなかった。

黒服の兵士たちは、手許の異和感に戸惑っていた。手に持った小型マシンガンが見えない手で引っぱられるような気がし始めたのだ。彼らは互いに目配せをし、それが自分だけの錯覚(さっかく)でないことを確認した。

銃にかかる力が兵士たちの握力に対抗するほどに強いものになった。彼らはうろたえながらも頷き合って、銃身からマガジンを外し、薬室に入っていた弾丸をはじき出した。

工場内での暴発はそれほどまでにタブーとされていたのだ。

大型モーターの唸りのような音はさらに大きくなり、倍音構成がきわめて多い、原子炉の音に似た轟(とどろ)きと化していった。音が大きくなるにつれて、部屋中をまぶしいくらいに照らしていた明かりが、舞台照明のフェーダーをゆっくりと下げるときのように暗くなっていった。

廊下の蛍光灯は、弱々しい瞬きを最後にすべて消えた。

工場のなかは闇に閉ざされた。そのなかで、あらたに光を放ち始めたものが二つあった。

ひとつは橘の両眼。そしてもうひとつは、キングストンが作り上げた、未知の飛行物体だった。平たい円錐形の底の部分が、暗く赤い光を発し始めていた。

その赤い光に下方から照らし出されたキングストンの顔は驚きと、恐怖にこわばっていた。彼には何が起こったのか判らなかった。だが、彼の感情はいち早く橘に対する危険性を察知していた。

熱にうかされたような声でキングストンは叫んだ。

「撃て……」

その口調は自分をふるい立たせるように徐々に強く、そしてヒステリックな響きになっていった。

「撃て。撃つんだ。工場内であってもかまわん。もうマイアミまで待つ必要もない。今ここであいつを撃ち殺せ」

工場中に響き渡っている轟音のなかで、キングストンが聞いたのは、イングラムの小気味よい発射音ではなく、度を失った兵士たちの、「NO」という叫び声だった。見えない手にもぎ取られたイングラムMAC10は宙を飛び、赤い光を発しているキングストンの〝力作〟に吸い寄せられて行ったのだ。

「その慌て方を見ると」

冷酷な戦士の表情を顔に刻みつけた橘は、轟音をついて、キングストンに言った。

「こいつの試運転はまだだったらしいな」

キングストンはすべてを悟って、愕然とした表情を赤い光のなかに浮かべた。

「……まさか、おまえが……」

橘は光る両眼でキングストンを見すえた。恐怖にひきつった顔でキングストンは叫んだ。

「やめろ」

彼はぶるぶると頰を震わせながら叫び続けた。

「おまえがこれを作動させているんなら、すぐにやめろ。こいつはまだ未完成だ。一度動き始めたらどうなるか判らん。制御システムを我々はまだ完成していないんだ」

「もう遅い。あんたがこいつを思うようにあやつれないのと同じで、俺のなかで火が付いちまったこの血は俺にも止められない」

円錐形の光はだんだんと明るさを増し、やがてオレンジ色に輝き始めた。

「あんたは、俺のなかの海神を怒らせちまった」

橘はどこか悲しげにそう呟いた。

円盤の発するありとあらゆる倍音を含んだ轟きは腹をゆさぶり、マシンガンをたやすく吸い寄せてしまうほどの強力な磁場は、工場内の骨組みをきしませ、そこに居る者に頭痛と吐き気をもたらした。

光がオレンジからまばゆい白光となったとき、その巨大なじょうごは小刻みに震動を始めた。

その光は、さきほどまで工場内を照らしていた照明に匹敵するほどの明るさになって、完全に思考力を失った人間たちの影を黒々と刻んでいた。

やがて、円盤は静かに浮上を開始した。

キングストンは、惚けたような表情でその様子を見つめていた。

人類にとって、初体験であるこの実験の成功は、喝采ではなく、恐怖と怒りで彩られていた。

円盤は、幾何学模様を描いて立体的に交差していた工場内の金属の支柱や梁、実験のための様々なパネルやコード類、今まで自分を固定していた枠などを、一気に吸い上げ、次の瞬間に、それを紙吹雪のように軽々とまき散らして上昇していった。それは工場のなかに台風を一個放り込んだような徹底的な破壊ぶりだった。

キングストンはわけの判らぬことを叫びながら上昇してゆく光を見つめていた。

崩れ落ちる銅やジュラルミン、そして鉄筋にこびりついたコンクリートの固まり。

人間という生命体は、そのすさまじい重量とスピードを持った嵐のなかでは、ミキサーにかけられたトマトのように、あまりにもろい存在だった。

青い発光体と化した円盤は工場の天井を軽々と突き破り、東南の空へ急速にスピードを増しながら消え去った。

34

林道のなかで何の前ぶれもなくすべての電気系統がストップし立ち往生してしまったリンカーンのなかで、罵声(ばせい)を上げていたフォードが、突然息を呑(の)んだ。

その瞬間、目を焼くような発光体が猛スピードでリンカーンの頭上を通過した。

車のなかの三人は、思わずダッシュボードやシートの背に顔を伏せた。恐るおそる顔を上げた日下部がリア・ウインドーを肩ごしに眺めた。発光体は星のように小さくなっていた。

「何だったんだ、あいつは」

日下部は呟いた。

「神にでも訊いてくれ」

同じくリア・ウインドーを見つめながら、フォードは言った。

「UFO……」麗子が二人の顔をゆっくりと交互に見た。「初めて見たわ」

日下部とフォードは顔を見合わせた。

「とにかく」フォードは、視線を引きはがすように、ステアリングに向き直ると、ガチャガチャと音を立ててキーをひねり始めた。「こんな所でいつまでもぐずぐずしているわけにはいかない」

突然、フェンダーの前が明るくなった。続いてセルモーターの音が響き、頼もしいエンジンの叫びが響いた。

「この気まぐれめ！」

フォードは口のなかで呟くと、眉をひそめながらも、シフトをドライブに入れ、アクセルを思いきり踏み付けた。

センター最南端のゲート2にフォードの運転するリンカーンが着いたとき、ガードマンは気もそぞろといった有様だった。ガードマンは、電話と、リンカーンのヘッドライトを苛立たしげに交互に見やり、電話に向かって何やらがなり立ててから、フォードのところへやって来た。

「どこへ行こうというのか知りませんが」ガードマンはいきなり言った。「すべてのゲートを今から閉鎖しろという命令です。引き返して下さい」

フォードは日下部の顔を見た。日下部はかすかに頷いた。

「その命令のために我々はやって来たんだ」

フォードは身分証明書を取り出した。ガードマンは懐中電灯でそれを照らし、もう一度フォードの顔を見た。

「どうしたんだ。通すのか通さんのか」

フォードは多くの権力を持っている人間だけが出せる威圧的な声で言った。

「待ってください。たった今まで電話が役に立たなかったもんで、中がどうなっているのか、さっぱり判らないんです。トランシーバーも使えなかったし……。この懐中電灯さえ今の今まで死にかけの蛍ほどの光すら出さなかったんですよ」

フォードは苛立たしげな演技をした。

「これ以上ぐずぐずしていると、君の名と所属を尋ねなければならなくなるぞ。自分の年俸とキャリアは大切にするものだ」

ガードマンは何か言いたげに両手を広げて口をあけたが、やがて諦めたように一度天を仰ぐと、何度も頷きながら道をあけた。

「こいつだけは持って行ってください」

彼は三枚の通行許可のパスをフォードに窓ごしに渡した。

フォードたちはまっすぐにセンター内を北上し、ゲート2Aとゲート2Cの間にある本部の建物を右手に見ながら通りすぎた。地区安全監視レーダーサイトと39B発射台の中間にある黒服の秘密工場以外に彼らは用はなかった。

消防レスキュー隊の車がインディアン川の支流を渡る橋のあたりでバリケードを作っていた。

彼はレスキュー隊員の一人をつかまえて尋ねた。

「いったい何があったんだ」

ブルーの瞳をした大柄なレスキュー隊員は肩をすくめた。

「こっちが訊きたいですね」

彼のオレンジ色のユニフォームには埃(ほこり)ひとつついていない。彼は説明した。

「この奥二マイルほどのところに工場があるんです。それが突然崩れ落ちたのです。まったく突然にです。まるで巨人が何人もかかってハンマーで叩きつぶしでもしたように……」

「何の工場なんだ」

「オービターに積み込む宇宙実験室(スペース・ラボ)だと聞いてますが、詳しいことは知らされてません」

「何かが爆発したのか」

「いいえ。火は一切出ませんでした。それどころか、センターの電気系統が数分間にわたってブラック・アウトしていました。真暗闇(まっくらやみ)での出来事ですよ。そういえば、妙なことを言う人間も出ましてね、スポークスマンを正式に立てるまで何も言うなというお触(ふ)

れが出ました」

「UFOを見たと言うんだな」

レスキュー隊員は曖昧に首を横に傾けた。

「工場内に人はいたのか」

フォードはさらに尋ねた。

「作業員とガードマンが何人かいた模様ですが……」

「生存者は」

「あの状態で生きていられるのは悪魔くらいなものです……」

フォードは日下部と麗子を見た。二人とも無表情を装ってはいたが、深い絶望とやるせない怒りを隠しきれなかった。

「ありがとう」

フォードはそう言って、車をUターンさせようとした。

そのとき、橋の向こうがにわかにあわただしくなった。サイレンを鳴らした救急車がヘッドライトを上向きにしたまま、フォードたちの方へやって来るのが見えた。

フォードはリンカーンを路肩に寄せて、もう一度、レスキュー隊員に声を掛けた。

「どうしたんだ。生存者がいたのか」

「ちょっと待ってください」

レスキュー隊員はトランシーバーの空電に混じった会話を懸命に聞き取っているようだった。

顔を上げると、彼はフォードに言った。

「どうやら、ミンチにならなかった人間が一人だけいるようです」

日下部と麗子は身を乗り出した。レスキュー隊員は言葉を続けた。

「工場の技師と見られていますが、男は三十歳前後の東洋系。身分証明書は持っていませんでした。傷の具合は……」

フォードは彼の言葉を聞き終えるのを待たずに、目の前を通り過ぎて行った救急車を追って猛然とリンカーンをダッシュさせた。

ケネディ宇宙センターとバナナ川をはさんで隣り合っているケープ・カナベラル空軍基地の病院で、橘は目を覚ました。

橘は、脳震盪（のうしんとう）とかすり傷だけで、集中爆撃を受けたような工場のスクラップのなかから救出された。

「目が覚めたか」

日下部は日本語で橘に語りかけた。橘は不思議そうに目をしばたたいてから、あたりを見回し、それから目を開いた。

「ここがどこか訊きたいところだが、そんなことはどうでもいい。とにかく俺は仕事をやってのけた。そうだな」

枕許（まくらもと）にはフォードが目を赤くはらし、そのふちにくまを作って立っていた。彼は言った。

「キングストンは死んだのだな」

橘は悲しげな溜息をひとつ洩らし、苦痛に耐えるように目を閉じた。

「仕事はやってのけた。そう言ったはずだ。黒服はもうこの世に存在しない。俺はひとりでこの仕事をやると言った。なのに、あんたたちはいつもこうして俺の周りに現れる」

「今回は、私もここへ来るのは反対だった。だが、我々を呼んだのは君だとそこのご婦人が言っている」

フォードは麗子を目配せで示した。

橘は、首をめぐらせて麗子を見た。二人の目が合った。そのとき初めて、橘の全身に安堵（あんど）感が広がっていった。

橘は切実に麗子を抱きすくめたいと思った。その気持ちは麗子に伝わった。

二人の心の交わりに、フォードの声が割って入った。

「何があったのか説明してくれるかね」

橘はのろのろと視線をフォードに戻した。

しばらく沈黙があった。フォードにはその沈黙の意味が判らなかった。彼は橘の目に哀れみに似た色が浮かぶのに気付いて不思議に思った。

橘は話し出した。

「ダニエル・ハザードという男を知っているな」

フォードの顔色がわずかに変わった。

橘はダニエル・ハザードとキングストンの計画や、工場内での出来事を残らず話した。一刻も早く、心のなかに淀んでいるうすぎたないものをフォードの心に移し替えてしまいたいとでもいいたげな橘の口調だった。

話を聞きながらフォードは背もたれなしの円椅子にゆっくりと腰を降ろした。日下部は力なくごくわずかかぶりを振った。

橘が話し終えたとき、フォードはひと回り小さくなり、五歳は年を取ってしまったように見えた。乱れた髪と伸びた髯のなかにある目は、職にあぶれた飲んだくれのようにみじめだった。

しかし、彼は短時間で自制心を取り戻した。彼は目を上げて橘を見た。そのときには、もういつもの口調に戻っていた。

「黒服は秘密裡に潰滅した。我々は無事タチバナを救出し、保護下に置いている。問題は何ひとつ残されていない」

「驚いたね――」橘は言った。「俺にはとうていあんたたちの真似はできそうにない」

「他人に勧められるような商売じゃない」

「例の円盤はどうなった」

フォードは肩をすくめた。

「いつもと同じさ。あいつは未確認飛行物体として空軍にファイルされる。正体を知っているのは我々だけだ。あいつはメキシコ湾に沈んじまったよ」

「ダニエル・ハザードとセクションNにも知らせるのだろう」

橘が言うと、フォードは曖昧に首を傾けた。

「それより」フォードは言った。「ここにいる全員が疑問に思っていることに答えてくれるかね。もちろん、答を聞いて我々が理解できるとは限らんが」

「どうして円盤が暴走を始めたか、ということだろう」

「そう。君の話によると、君はマシンガンを突き付けられたまま、円盤とは離れて立っていたというじゃないか」

「敵の武器や乗り物のことは意外とよく知っているものだ。あんたたちだって、ソ連の軍備や兵器のことはよく知っているだろう」

「だが、その兵器はすべて同じ理論構造に基づいて作られている」

「アレイ人とウォニ人が使っていたエネルギーも同じものさ。アレイ人は確かに空を飛ぶ乗り物を作る科学力はなかった。でも、いざというときに使う力は、ウォニ人が使っていたものと同じだった」

「それはＰＫ（サイコキネシス）のようなものか」

「そう考えてくれてもいい。とにかく、この自然のなかには未知のエネルギーがうようよしている。それを利用することを俺たちは理屈として知らなくても、この体で知っている。あの円盤は実験段階のもので、一度動き出すと制禦（せいぎょ）不能だった。ウォニ人の乗り物はコクピットに入る必要なんかない。馬を呼ぶように、どこからでも作動させられる」

「それを報告すると、セクションＮは、新たな必要性を君に感じることだろうな」

「やめておいたほうがお国のためだ。キングストンの二の舞いになるだけだ」

「心配するな。必要以上の仕事を増やす気は私にはない。これですべて終わりだ。あとは休暇のすごし方を考えるだけだ」

「休暇の手始めがマイアミというのも、悪くはないだろう」

日下部が言った。

「判っている」フォードが頷いた。「共闘体制は最後まで貫くよ。全員を、ちゃんとマイアミまで送り届けてやるさ」

「崩れ落ちるコンクリートの固まりと、乱れ飛ぶ機械のガラクタのなかでキングストンが叫んでいたよ。〝まだ最後ではない。マイアミがある〟とね」

橘は静かに言った。

「いいや」フォードは断言した。「これですべて片はついたんだ」

橘は、天井をぼんやりと眺めた。

「君が言ったキングストンの誤算の意味が判ったよ」

日下部が言った。「KGBの銃弾が君を、最終的に目覚めさせたこと、そして君が、その目覚めによって戦士として生まれ変わったところまで彼は計算に入れていなかったというわけだ」

「KGBが――」フォードは片方の頬だけに笑顔を作って言った。「我がアメリカ合衆国の危機を救ったと言えなくもないな」

35

「ケープ・カナベラルでの事故とセクションNとの関連の報告がこんなに遅れたのは、いったい誰のせいだね」

大統領執務室へダニエル・ハザードが顔を出すなり、大統領は言った。明らかに大統領の機嫌は悪そうだった。もっとも、執務室内で機嫌のいい大統領の顔を見ることなどめったにないので、彼は気にしなかった。

「あれは、明らかにセクションＮと関係のある事件だったんだな」

大統領は、ハザードがこともなげに「ＮＯ（ノー）」と言ってくれるのを期待した。

だが、ダニエル・ハザードはその期待を裏切った。

「そのとおりです、大統領。緊急措置令担当官のデーヴィッド・フォードは、何もかもうまくやってくれました」

「黒服はやっつけた。もうセクションＮの活動を妨（さまた）げる者はいない。そういうことだな」

「そうです」

「だが……」大統領は、普段吸わない煙草（たばこ）をくわえて紙マッチで火を点（つ）けた。神経質そうに少しだけ吸い込んだ煙を細く吐き出し、彼は言った。「そうはうまく問屋がおろしてはくれない」

「と言いますと？」

「セクションＮの存在を嗅（か）ぎつけた者がいる。しかも、最も厄介な連中の一人だ」

目の前に雷が落ちても動じそうになかったハザードの表情がみるみる曇（くも）っていった。

「誰です。厄介な連中？　ソ連の諜報（ちょうほう）組織ですか」

「君の推理は世事にうといご婦人並になってしまったようだね。まったく、どうしたことだ。ＫＧＢがセクションＮのことを嗅ぎつけたとして、どうやって手出しできるというんだね」

「CIAやNSAですか？　それだって問題ではない。ジャーナリストだって恐れるに足りないではないですか」

「そのとおり。CIA、NSA、INR、DIA……そんな連中が気付いたとしてもたいした問題ではない」

「では、いったい……」

「君は最もうるさい連中を忘れている。いや、戦いがあまりに日常化してしまっていると言ったほうがいいかな」大統領は半分ほど吸ったダンヒルを灰皿に押しつけた。「野党の連中さ」

ハザードは目を閉じて唾を呑んだ。

大統領は続けた。

「ミシガンから出たチャールス・ノートンという上院議員の持つ小委員会が何から何まで調べ上げてしまった」

「何のために」

「彼が念を入れて作り上げ、苦労を重ねて両院を通過させたある雇用問題に関する法案に、私がサインするように持っていくためさ」

「それなら、説得する余地は十二分にあります」

「そう」大統領は身を乗り出した。「説得する余地はある。だが、我が連邦政府にはもう金がない」

「財政のことはよく心得ています」

「いくら我が国民たちが陽気であっても、国中にあふれていく国債を笑顔で見守っているとは思えん」

「セクションNにそれほど財政を悪化させる要因があるとは思えませんが」

「実際はそうだろう。問題は非公式の金が政府の名において運用されており、それが上院議員の切り札になってしまったことだ」

「よくあることと言わねばなりません」

「そう。よくあることだ。そして私はそれをスキャンダルになる前に何とかしなければならないんだ」

「どうなさるのですか」

「財政顧問に問うまでもなく、私はその法案をほごにしなければならない。これが何を意味するか君には判るな」

「セクションNにも何らかの手を加えなければならないと……」

「スキャンダルが、あるジャーナリストに嗅ぎつけられたとき、みんなが騒ぎ出す前に誰もが思いつく常套(じょうとう)手段だ」

「まさか……」

「そう。記者会見をやってセクションNのことを世間に公表する。勿論正式な政府のセクションか、あるいは委員会というはっきりとした位置付けをしてからだ。『環境保全と新開発に関する委員会』『環境評価研究機関』、名前は何でもいい。黒服とやらとの暗闘にもケリがついた。ちょうどいい機会だと私は思う。君のオカルティックな趣味には合わんかもしれんが、ぐっと現実味が増し、正式な各界の協力も得やすくなると思うがね」

ダニエル・ハザードは視線を床に落として考えた。大統領の考えと自分のセクションNに対する考えがどこかで根本的にくい違っていた。そして、このくい違いを埋めるのは、ダニエルの理屈ではなく大統領とダニエルの権力の差であることを、彼はよく知っていた。

「UFOの件も……」ハザードはようやく言った。「これまで秘密にしてきたUFOのファイルも公開するのですか」

「それは今までのセクションNのスタッフとの相談だ。だが、基本的にはガラス張りでいかねばならない。パニックが予想されるニュースを流す気は私にもないがね」

ハザードは唇を咬んで直立していた。

彼は今の自分の気持ちを単なる敗北感と呼んで片付けてよいものかどうか考えていたのだ。セクションNはハザードの私利私欲のために存在したことは一秒といえどなかった。自分は、いったい何のために戦い何に負けたのか——彼は無意識のうちに首を横に振り続けていた。

大統領の声がして、ダニエル・ハザードは、はっと顔を上げた。

「君の親友だったトーマス・キングストンが——」大統領はゆっくりと言った。「フロリダで自家用機の事故にあい、亡くなったそうじゃないか」

「はい」ハザードは自分の顔色が変わっていくのに気付いた。「マイアミで開かれるジャズ・フェスティバルを彼が企画しており、その下見に行く途中だったと聞いております」

大統領はじっとハザードを見つめながら頷いた。

「残念だ。君も力落としのことと思うが、気をしっかり持ってくれ」

ダニエルはその大統領の顔つきと口調から、彼が何もかも知っていることを悟った。

「話は以上だ。マイアミ・ジャズ・フェスティバルが終幕すると同時に私は緊急措置令の解除を宣言する。では記者会見の件は君にまかせる。いいな」

ダニエル・ハザードは大統領の目をじっと見つめてから、一礼し執務室の出口へと向かった。

36

バカンスの季節は去っても、マイアミ・ビーチは例年にない活気に満ちていた。ステージ設営の作業も終わり、機材にかけられたビニールの青いシートが、強い風にはためいていた。

フェスティバルの本部となっている、セント・ジェイ・ホテルの一室は、十名ほどのスタッフが代わるがわる鳴り続ける五台の特設電話に向かったり、コピーされた数種の書類を前にディスカッションしたりと、てきぱきと動き回っていた。

スイートルームの一室がそのオフィスに当てられ、残りの二室のうちのひとつが、応接間として使用されている。

その応接間で二人の人間を前に、Ｋ・Ｍ・Ｃ(キングストン・ミュージカル・サーキッツ)社事業部長サイモン・リンクは緊張と怖(おそ)れとそして怒りのために蒼(あお)い顔をして立ち尽くしていた。

「その話はもう片がついていたはずじゃないか」

リンクは、肩幅が非常に広く背が低い男と、その半歩後ろに、軽く両足を開いて威圧的に立っているひょろりとした顔色の悪い男に向かって言った。

二人とも黒い髪と濃い茶色の瞳を持つ、イタリア系の男たちだった。

「私たちのやり方がよく判っていないようですな」

背の低い男が言った。

「私たちは常にボスと話をつける。そして話をした人だけを信用する」

「それで?」

「あなたたちのボスはここへ来る途中、飛行機事故で亡くなられたそうじゃないですか。私たちはそういう場合は、また一から話を始めるのですよ」

「その必要はないでしょう。私たちは、トーマス・キングストンの約束をひとつの間違いもなく果たしますよ」

「そうはいかないんです」イタリア系の男は一見陽気そうに見えるその顔に凶暴な本性を現しながら言った。「私たちの新しい条件は興行権の半分だ。でなければフェスティバルを中止していただく」

「無茶な……」リンクはあっけにとられた。「そんな無茶な話は聞いたことがない。フェスティバルを中止させるだって。どっちもお断りだ。私はフェスティバルのためにこの半年働き続けたんだ。トーマス・キングストンの死亡を聞いたとき、決行する意志に変わりはなかった」

「それを変えていただくのですよ。私たちにはそれを行なえる力がある。ご存知でしょう」

「まさか、あんたたちがトーマス・キングストン社長を……」

リンクは呟くように言った。二人は顔色を変えて明らかな怒りを表現した。

「私たちを怒らせると、ますます交渉は不利になるのですよ。私たちはそんな小細工はしない」

リンクは窮地に立たされていた。どんなにこじれた問題だろうと、これまで彼は切り抜けてきたが、マフィアの幹部と交渉をするのは初めての体験だった。彼らはキングストンの死が、新聞やテレビで報道されると、獲物を待っていた蛇のように穴から這い出して来た。

リンクはマイアミの市当局に電話を入れようかと考え、たちまちその考えを頭から追い払った。

市当局が何もできないのは判りきっていた。

「私たちは契約書は作らない。あなたの口約束だけでいいのですよ」

リンクのうろたえを小馬鹿にするように小柄な男が落ち着いた声で言ったそのとき、ドアをノックする音が聞こえた。

リンクが返事をする前に勢いよくドアが開いて二人の男が入って来た。

「何だおまえたちは」

ひょろりとした男が品のない脅しをかけた。小柄な男は黙って侵入者を睨み付けている。

マフィアの二人組にかまわず、先にドアから入って来た男がリンクに向かって言った。

「失礼。立ち聞きするつもりはなかったのですが、秘密の話にしてはあなた方の声が大きすぎた」

男の自信たっぷりの態度に、リンクは目をしばたたいた。

「私たちを誰だか知っていてそんな態度を取っているのかね」

小柄なマフィアが眠たげな目付きで言った。誰もが自分を恐れるという自信を感じさせる眼差しだった。

「充分判っているつもりですとも」侵入者は言った。「その上で私はリンクさんのお役に立てると思ったのです」

彼は電話に手を掛けると、二人のマフィアを見すえながら受話器を耳に当てた。

「ワシントンを……」

彼はオペレーターに、電話番号を告げた。三分待って、彼は受話器に向かって言った。

「あなたのお馴染み(なじ)の人たちが、今私の前にいて何やら問題を起こそうとしているんです。何か言ってやって下さい」

彼は受話器をマフィアの一人に突き出した。

「何の真似だ」

小柄なイタリア系は、油断なく受話器とそれを持つ男の顔を交互に睨んだ。受話器は突き出されたまま宙に静止している。小柄な男はひったくるように受話器を取って耳に当てた。

彼は一言も口をきかず、電話の向こうの声を聞いていた。その顔色はみるみるうちに失せ、眼球が飛び出さんばかりに見開かれた。彼は受話器を耳に当てたまま、信じられないものを見る目付きで、話に割り込んで来た男を見た。

「私たちをかつごうというんじゃないだろうね」

小柄な黒髪は、受話器を彼に返した。彼は、肩をすくめただけだった。

小柄なマフィアは、落ち着きなく視線をさまよわせ、溜息をついた。

「判った。私たちの負けだ」

リンクはまったくわけが判らず、そのやり取りを見つめていた。

小柄な男は部屋を出て行った。ひょろりとした男も、何が起こったのか理解できぬ顔付きのまま、その後を追った。

「失礼する」

リンクにとって救いの神となった男は受話器に向かって言った。

「お忙しいところをどうも。ＦＢＩ長官」

電話を切り、彼はリンクに微笑を送った。

「ＦＢＩ長官……」

リンクは生まれて初めてロイヤル・ストレート・フラッシュをおがんだような顔をした。

「いったい、あなたたちは……」

「失礼。自己紹介が遅れました。私は、デーヴィッド・フォード。政府の特務で動いている者です。こちらはショウジロウ・タチバナ。あなたがたが招いたミュージシャンの一人です」

リンクは二人と握手を交わして言った。

「助けられたことに私は礼を言わなければなりません。でも、なぜ……」

「もし――」フォードは遮った。「本当にあなたが私たちに感謝してくれているのなら、私のような者がここに現れたことについて〝なぜ〟と問わないでいただきたい」

リンクはマフィアと向かい合っていたときと同じ姿勢で立ち尽くしていた。

「それともうひとつ。このショウジロウ・タチバナの要求を無条件で受け入れていただきたいのですが」

リンクは二人に椅子を勧め、自分もデスクの後ろに腰を降ろした。

「私は充分に感謝しています。できればその二つについて、快くオーケイと言いたい」

フォードは満足げに頷いた。

「ミスター・タチバナの要求とはいったい何なのですか」

フォードは橘をうながした。橘は淀みない英語で正確に言った。

「フェスティバルの会場に、舞台装置をひとつ増やしていただきたいのです。客席も含めた会場全体を包む正方形をまず頭に描いて下さい。その角は、正確に――いいですか、正確に東西南北に当たるようにします。そのそれぞれの角からまったく同じ長さの棒を立て、その四本の先を空中でくっつけてしっかり固定していただきたいのです」

「一難去って、また一難か」

リンクは、聞こえよがしに呟いた。そして、橘に向かって言った。

「いったい何になるんです、そんなものを作って。私には無駄な散財としか思えません。会場の装置について要求を出すなんて、あなただけですよ」

「必ず役に立つものです。いや、必要不可欠のものになるかもしれません。今はそれだけしか言えません」

橘はこたえた。

「彼の言うとおりにしたほうがいい」

フォードはリンクを見つめた。リンクは、両手で目の間を軽く揉んだ。

「ノーと言ったら、今度は何が出て来るか判ったもんじゃない」彼は顔を上げた。「で、その棒の材質は？」

「銅が望ましいが、金属なら何でもかまわない。パイプでもいい。大きさと安全性を考えると、太い鉄パイプのようなものがいいでしょう」

「メインポールを立てて、そこから鋼索(ワイヤー)を引くというのは？　そのほうが経費は安く上がるし手間もかからない。安定性もいい」

リンクはあまり乗り気ではないという表情を露骨に見せながら具体的な交渉を始めた。

「いや。四本の棒はそれ自体の力で自立していなければ意味がない」

「要するに、会場をすっぽり覆う四角錐(しかくすい)をパイプで組めと……」

「そういうことです」

「フェスティバルまで、あと二週間しかないんですよ。経費のやりくりから工事の手配まで、すべてこれから始めなければならない」

「その件は」フォードが落ち着き払って言った。「私が全面的に協力しましょう」

「金銭的にも?」

リンクは相手が否定するのを予想して皮肉な口調で言った。

その予想に反してフォードは頷いた。

「そうです。金銭的にもです」

リンクは、二人の顔を交互に何度も眺めた。しかし、二人の真意はとうていつかめそうになかった。

「判りました。そこまでおっしゃるのなら、言われたとおりにしましょう」

「PR効果は数段上がるに違いありません」

橘は言った。

「ありがとう。あなたがお話の判る方で助かった」

フォードは立ち上がりながら言った。リンクはこたえた。

「まだちっとも判ってはいません」

部屋を出しなに、フォードはさりげなく言った。

「実は私もなんですよ」

翌日からセント・ジェイ・ホテル前の特設ステージではまったく予定になかった大工事が開始された。いぶかる関係者に対し、責任者のサイモン・リンクはこう言っただけだった。

「夢のお告げだよ」

37

海岸線にそって並ぶ白い建物が、月に照らされて青白くにじんでいた。

遠くには、漁船の明かりが漂っている。

セント・ジェイ・ホテルのテラスで、橘はぼんやり夜の海を見ていた。

ホテルのすぐ下のフェスティバル会場も、今はすべての照明が落とされ、東西南北のていた。

四か所に鉄パイプを固定するための土台が、ほの白い砂に黒々としたシルエットを描いていた。

「ヒーローは感傷にふけったりはしないものよ」

部屋のなかから低くおさえた声が聞こえた。囁くような甘い声だった。

「どうしたの部屋の明かりもつけずに」

部屋の闇のなかに立った麗子は、いたずらっぽい目付きで橘を見つめていた。

「打ちのめされたりしないヒーローなんて魅力ないものさ」

「あなたはこれまで、いつも自信たっぷりにやって来たわ。物騒なプロフェッショナル相手に」

「コンピューター好きのいたずらっ子が気まぐれでやるように、この体のなかに戦闘好きの血がプログラムされているだけさ」

「その〝血〟とやらには敬服するわ。誰もかなわなかったんですものね」

麗子は橘の隣りにそっと立った。

ほのかにゲランの香りが微風に乗って橘のほうへ流れていった。

「見ろよ、この海を。人間なんてサハラ砂漠を歩いて渡ろうとするアリみたいなもんだ」

「そうね……」

「でも、そのアリは砂漠を渡ってしまうかもしれないな」

「何が言いたいの」

「別に何も……」

「あなたは立派に仕事をやり終えたのよ。政府という人間の最高の頭脳と力がうごめく組織をもってしても不可能だったことを、あなたは一人で片付けたわ。もう王子様役から降りてドーランを落としてもいいのよ」

「まだ終わっちゃいない」

「黒服を片付け、マフィアを黙らせ、これ以上何が起こるというの」

「お姫様を魔女の住む森から助け出さないうちは、王子はお役御免にはならない」

麗子は美しい眉をわずかに寄せて、橘の横顔を窺った。

「そのお姫様は」

麗子は橘と同じように海のほうへ向き直った。

「案外その魔法使いの森が気に入っていて、そこから出たがらないかもしれないわよ」

橘は何も言わなかった。

ふと、麗子は肩に温かい掌を感じた。その掌から静かな熱い力が伝わって来た。そこから伝わるしびれるような快感が麗子の全身を包んだ。肉の交わりも及ばない官能的なほてりだった。

麗子は目を閉じ、吐息を洩らした。

その熱い息に橘の顔が覆いかぶさった。
二人は激しく唇を求め合った。
波の音が遠くで聞こえていた。
やがて、静かに麗子は身を離した。
橘はほの暗い光のなかできらきら輝いている麗子の濡れた瞳を見つめていた。
橘は麗子の背に回していた両手をそっとほどいて、再び目を海のほうへやった。
「やはり」彼は言った。「あんたを俺の世界へ連れて行くことはできないらしいな」
「仕事が終わればお別れよ。私はそういうところで生きているの」
麗子は感情を抑えていた。
橘は黙ってテラスの欄干にもたれている。
麗子は現れたときと同じように、そっと音を立てずその場を離れた。
やがて、橘のはるか後ろでドアの閉じる冷たい音がした。

38

セント・ジェイ・ホテルの庭から海岸へかけての広い敷地内には朝早くから何人もの人間がにぎやかに行き交い、ステージの両脇に小山のように積まれた大スピーカーから、ひっきりなしにテストの音が流れていた。

正午近くにはバンドのリハーサルも始まり、ホテルの周囲は一層にぎやかになった。マイクのチェックの後、一曲演奏してすぐステージを降りてしまうグループもあれば、モニターの位置や音量を細かく注文するグループまで、リハーサルのやり方はさまざまだった。

グループの音に慣れたミキサーを連れて来た連中はさすがに段取りが良かった。

橘はリハーサル当日になって初めて不安を覚えた。自分のピアノの音が客席でどういう具合いに聞こえているか確かめる術がないのだ。会場には主催者の用意したミキサーが何人かいるが、こういう類のチェックはいつも仕事をやり慣れているスタッフとでないと、どうしても安心することができない。

一緒にいる日下部やフォード、麗子の三人は、こと音楽に関してはあてにできない。

「ミスター・タチバナ――」

青いジャンパーを着た主催者側のスタッフが橘の部屋に来て、リハーサルの順番が回って来たことを告げた。

橘は頷いて立ち上がった。

「私たちも行こう」

フォードが日下部たちに目配せして橘と一緒に戸口へ向かった。

「俺のスタッフを買って出てくれるのかい」

フォードは肩をすくめた。

「私たちは君に、我々の世界の舞台裏を見せた。今度は君たちの舞台裏を見せて欲しいのさ」

「ご自由に」

橘はエレベーターに向かって歩き出した。

「父はバイオリンの教師だった」

フォードが言った。

「え」

「私も多少は耳が確かだということさ」

橘はフォードから初めてウィットのある言葉を聞いたような気がした。

会場へ出た橘は空に向けて斜めに突き出している四本の黒々とした太い鉄パイプを見上げた。四本のパイプは空中の一点で互いに寄り合うように接していた。

橘はその出来にほぼ満足だった。ただ、当初橘が言ったように、鉄のパイプを地面と空中の二点だけで支えるには大きさから言って建築学上無理があると専門家は主張した。そのため、地面から垂直に立てられたおのおの三本の細い鉄パイプの柱が四本の太い鉄パイプに接続され、さらに安全のため、その十二本の柱のつけ根から地面に向かってワイヤーのステージが張られていた。

工事日数の都合でペンキも塗られていないこの大きな鉄パイプのオブジェは、フェスティバルの飾り付けとしては無骨ではあったが、充分に聴衆を驚かすことだけは明らかだった。

橘はフォード、日下部、麗子に付きそわれ、ステージに上がろうとして、ふとPA装置のコンソール・コーナーに目をやった。

コンソールのところでは会場側のミキサーらしいブロンドで髪の長い青い目をした男と、日本人二人が何やらやり合っていた。

橘の目が大きく見開かれた。ミキサーと口論しているのは穂坂と竹松だった。

橘は、全力疾走でPAコンソールのほうへ駆け出した。

フォードはあっけにとられて日下部と顔を見合わせた。

コンソールでは、穂坂と竹松がブロークンな英語で四苦八苦している様子だった。彼らはアメリカ人のミキサーに、その席を譲れと言っているのだった。

橘は、穂坂たちのところへ駆け寄った。

「穂坂……。竹松……」

穂坂はサングラスを押し上げると、ふてくされたように視線をそらし、橘に言った。

「こいつに何とか説明してやってくれ。この竹松にミキサー卓をあけ渡せとな。俺たちの英語は通じやしねえ」

「ああ……。判った」

「ぼうっとしてないで、早く得意の英語でペラペラっとやってくれよ」

橘は会場のミキサーに事情を説明した。ミキサーは、二言三言言い返したが、やがて納得して席を立った。

竹松は、ぽんと橘の肩を叩きコンソールのスツールにどっかと腰を降ろした。

橘は穂坂のほうを向いた。

「どうして……」

「どうして来ただと」穂坂はわめいた。「俺たちはおまえの共演者に同行して来たんだよ。共演者に、俺たちがスタッフに付くようにと言われてな」

「共演者だって？」

「そう」

穂坂はステージを指差した。

ステージ上にはスタインウェイのフルコンに並んでドラムがセットされていた。そのドラムのスツールに腰掛け音合わせを待っている男の顔を見て、橘は小さく息を呑んだ。

「武田さん」

「そうだ。勘違いするな。俺たちは武田巌男のスタッフとしてやって来たんだ」

言い捨てると、穂坂はステージの方へ駆けて行った。

「照れてやがる」竹松がにやにやと笑いながら言った。「あいつはあんなこと言ってるが、武田さんに共演の交渉に行ったのはあいつなんだ。事務所からの依頼ならば——と武田さんもオーケイしてくれたわけさ」

「なぜだ」

橘にそう問われて竹松は肩をすくめた。

「さあね。でも、口ではごちゃごちゃ言うが、結局あんたのやりたいようにあいつはやらせる。いつものことだろ」

橘は穂坂の後ろ姿を眺めた。

「さあ始めよう」竹松が橘をうながした。「持ち時間は少ない」

「ばっちり頼むぜ」

「任せておけ。いつものようにな」

橘はもどかしげに走り出した。

「何がどうしたというんだ」

フォードが橘の姿を目で追いながら呟いた。

「彼らは橘章次郎のいつものコンサート・スタッフですわ」

麗子が言った。

「なるほど」日下部が頷いた。「橘は我々の世界から抜け出して、もとの世界へ帰って行ったというわけか」

「そう。私たちとは別の世界へ」

麗子が言った。日下部は麗子の顔を横目で窺った。麗子が何を考えているのか彼には判らなかった。

「どうするつもりだね、彼を。君の国の情報局としては」

フォードは一瞬だけ眼差しに鋭い光を宿して日下部を見た。

「別に」日下部はフォードの顔を見ぬまま言った。「どうもしやしない。仕事が終わればチームは解散する。我々のいつものやり方だ」

「利用したいときはまたいつでも利用できるといいたげな口振りだ。私にはそう聞こえる」

「それはあんたがそういう気持ちで聞いているからだ。言っておくが、あんたたちには橘には指一本触れさせません」

フォードは大きな溜息をついた。

「どうして誰も彼もＣＩＡと聞くと暗殺集団のように見たがるのかね。我々は官庁の役人にすぎんのだよ。多くはアイビーリーグの卒業生でエリートコースを歩むただの国家公務員なんだぜ。それにタチバナは協力者だ。秘密を知った人間を消す――そんなスパイ・ストーリーとは私は無縁だ」

「その言葉を信じたい。今後永遠にな」

日下部はステージに駆け登る橘を目を細めて眺めながら言った。

「武田さん」橘はステージに上がり、それだけ言うと言葉を呑み込んでしまった。何から言っていいか判らなかった。

「よう」武田巌男は目尻(めじり)にしわを寄せて笑っていた。「ニューヨークで人に会っていてな。今朝ついた。早目に切り上げて一眠りしたい」

その笑顔は国際舞台を何度も踏んだベテランの貫禄(かんろく)を感じさせるものだった。

「初めての共演がフェスティバルの本番になるとは思いませんでした」

橘は言った。

「合わせたことがないのが不安なんだろう。心配することはない。ジャム・セッションだと思えばいい。入りのリードは俺がする。あとは全部フリーのぶっつけ本番だ。いいな」

「はい」

「じゃあ、一回だけ合わせよう。タイミングをよくつかんでくれ」

橘はピアノの椅子に腰を降ろした。

「いつでもいいぜ」

ステージの下から穂坂が声を掛けてきた。

武田巌男はスティックを取り出し、脇をしめた独特の戦闘的なスタイルで構えた。

突然モニターからスネア・ドラムのロール打ちの音が聞こえ、橘は身構えた。武田は橘に視線を飛ばして来た。彼はロール打ちから、続いてタムタムの三連打を橘に向けて送って来た。入りの合図だった。

橘は武田と顔を見合わせ頷くと十本の指を鍵盤に振り下ろした。ピアノからの不協和音に、正確なタイミングでフロアタムとシンバルとバスドラムの一打がかぶさった。見事なクロスカウンターといったところだ。

そのまま武田の右手はトップシンバルから早いペースのリズムを正確に叩き出し始めた。左手のスティックはスネアの上で軽く舞っている。

橘は両手で低音域から高音域まで一気に駆け抜け、右手を高音域で踊らせておいて、左手の指を、中音域から低音域にかけて、何度も振り下ろした。

その左手の叩き出す音団に、武田のフロアタムとバスドラムの一撃が正確にくっついていた。

武田はリラックスした姿勢をとりながら、ぴたりと橘のフレーズに反応していた。どんな小さな橘の攻撃も見のがさず正確に反撃して来る。

橋は可能な限り指を速く動かし、できる限り強くキーをはじいた。

突然、武田はタムタムの三連打を送って来た。次の瞬間、全体重をかけたバスドラムとフロアタムが鳴り響いた。

橋も同時に、十本の指で音の固まりを打ち出していた。

武田の左手がトップシンバルとサイドシンバルを激しく往復し、右手がスネア、二つのタムタム、フロアタムへと次々と振り下ろされていく。

橋は血が猛烈な勢いで全身を駆け回るのを感じていた。顔面からは汗が噴き出していた。

二人の演奏は一気に高揚していった。

作業していた会場中の人間が手を止めてステージを見上げていた彼らのなかの一人がヒューと口笛を鳴らした。

彼らは仕事を一時放り出してステージ際に駆け寄るという欲求に勝てなかった。青いジャンパーを着たフェスティバル関係者たちはぞろぞろとステージ前に集まり、やがて喚声(かんせい)を上げ始めた。

穂坂は振り返って竹松を見た。

竹松は頭の上に大きな腕の輪を作って、すべてオーケイのサインを送って来た。

穂坂は親指を立ててそれに答えると、にわかに出来上がった背の高い聴衆の群れに交じった。

39

数々のコンサートをこれまでこなして来た橘だったが、八万人の聴衆というのは生まれて初めての体験だった。それは自由で熱っぽい、幾重にも重なり合った人間の波だった。

華々しくフェスティバルの幕開けを飾ったのはウェザー・リポート、ジョー・ザビヌルの重厚なキーボード、ジャコ・パストリアスの独特のベース・プレイ、円熟味のあるウェイン・ショーターのサックス——聴衆は最初の一曲目から総立ちになった。

橘の一行も客席のなかでフェスティバルの演奏を楽しんでいた。

橘は日下部、麗子、フォードの三人を、穂坂に「渡米のためのスポンサー」と紹介した。紹介した際、穂坂は麗子に見とれながらも「おまえに営業の能力があるとは思わなかったよ」という皮肉を言うのを忘れなかった。

ステージに、わざとらしくK・M・Cと書かれた楽器やイフェクターを並べ立てたりしないところが、スポンサーの粋さを感じさせた。

二番手は若手のパット・メセニー、ライル・メイズのデュオ。ギターとキーボードという異色のデュオだが、エレクトロニクスをフルに使い、彼らは迫力充分のステージ運びを披露(ひろう)してくれた。

「どうしたの、スーパーマン」

グループの入れ替えの時間、客のざわめきのなかで麗子が橘に話しかけた。二日前の夜の出来事など忘れてしまったような口調だった。

「やけに緊張しているようね」

「ごらんのとおり、こちこちさ。発表会の順番を待つピアノ教室の生徒といった心境だよ」

「心細いわね。それで八万人の聴衆を相手にできるの」

「さあな」

「しっかりして欲しいわね。いつもの自信はどうしたの」

「慎重になっているだけさ。久々の俺の土俵だからな。あんたたちの土俵で失敗しても誰も笑いやしない。だが、ここでつまずくことは許されないんだからな」

「プロフェッショナルというわけね」

橘は何か言い返そうとした。そのとき、穂坂が客席の橘のところへやって来て肩を叩いた。

「スタンバイだ」

橘は武田巌男と顔を見合わせてから、穂坂に向かって頷いた。

ステージでは次のグループの演奏が始まっていた。ウィントン・マルサリスと彼のグループ。六〇年代を感じさせる演奏スタイルだが、そのスピード感は若手ナンバーワンのトランペッターという評判に恥じず、新しい波を感じさせるものだった。

「竹松はどうした」

橘は穂坂に判り切ったことを訊いた。落ち着きをなくしている証拠だ。

「しっかりミキサー卓のところへ行ってスタンバってるよ」

「打ち合わせ通りだ。いいな」武田巌男は余裕を見せて言った。「グループのリーダーはおまえなんだ。しゃきっと頼むぜ」

橘はぎこちなくも、笑って見せた。ステージのそでに立つと、客席にいるときより彼はずっと落ち着いていられた。

マルサリスの器用でしかも熱っぽい演奏を橘はぼんやりと眺めた。スポットライトを浴びた汗が夢のようにゆっくり飛び散るのが見えた。

橘は空を見上げた。空は月も星もなかった。その暗い空にステージの明かりをにぶく反射している黒い四本の柱が見えた。

橘は自分の背がまっすぐに伸びていくのを感じた。彼の目に自信の光が戻り始めた。マルサリスのグループが演奏を終え、熱い喝采に応(こた)えながらステージのそでに帰って来た。

穂坂がステージに飛び出し、係員が進行表通りにセッティングをやるかどうかをチェックした。台座にあらかじめセットされた武田のドラムがステージ上手側に引き出された。穂坂はタオルでピアノの鍵盤をぬぐっている。係員が軽くモニターのチェックをしてステージから去った。穂坂は、気取った足取りで橘たちのところへ戻って来た。

「八万の観衆。悪くないぜ」

穂坂は笑顔で言った。

「行こうか」

まず武田がステージに出て行った。彼は拍手に片手だけで応えるとまっすぐにドラム・セットに向かった。

武田が腰を降ろすのを見てから、ゆっくりと橘は歩み出した。無名の日本人に対するハンディはなかった。あるとしたら、まずい演奏をやった後でのことだ。八万の聴衆は日本からの客を盛大な拍手で迎えた。

アクシデントはそのときに起こった。

まずステージのそでから中央を照らしているステージスポット二基が、フェイドアウトしていった。橘と武田をとらえていたピンスポットの光の輪も消えてしまった。ホリゾントライトとサスペンションライトが暗くなり、やがてそれも消えていった。

会場が真暗闇となった。

係員があわてて懐中電灯を取り出したが、どれも使いものにならなかった。闇の客席でフォードと日下部が顔を見合わせたが、お互いの表情は読めなかった。

ＰＡ装置は沈黙してしまった。

その他、トランシーバーやインターカムなど会場中の電気系統がすべてストップしてしまっていた。

電源車のディーゼルエンジンだけはうなりを上げていた。そのかすかな響きが、よけいにこの理屈に合わない停電を不気味なものにしていた。

橘はステージの中央で立ち尽くした。武田は何が起こったのか理解できず、スティックを手に取ったまま、ステージのそでの方をしきりにすかし見ている。

橘の目は海の上の雲に覆われた空を見つめていた。その目には、怒りに似た光があった。

係員はおろおろし、苛立たしげな声を張り上げるだけだった。

やがて海の上の空の一点が明るくなった。その雲のなかのぼんやりとした光は、ゆっくりとフェスティバル会場のほうへ移動してきた。何人かの客がその光に気付き、驚きのざわめきが会場に広がっていった。やがて、会場中の人間がその光を見つめた。光は長い時間をかけて会場の真上までやって来た。実際は一分に満たない時間だったが、誰もがひどく長い時間が経過したように感じた。

停止した光は、今度はゆっくりと下降し始めた。人々の視線はその信じられない光景にすべて吸い寄せられていた。

薄日がさすように、黒一色の空のなかに、七色の雲の変化が起こり、光の明るさが徐々に増していった。

会場はその真上に位置した雲のなかの光のせいで、夕暮れ時程度の明るさになった。観客も係員も、ホテルの宿泊客も、皆一緒になって空を見つめていた。その雲のなかから、大型モーターを何十個も並べたような低い大きな唸りが響いてきた。会場のざわめきはその大きな音にかき消された。

雲のなかから姿を現したのは、光の固まりだった。

金属質のものは何も見えなかった。大小の目を射るような青白い光が不規則な形で寄り合い、全体として巨大な円を象（かたど）っていた。そのまばゆい光はそれぞれゆっくりと移動し合い、円の周辺部にはめまぐるしくその周にそって回転している小さい光点もあった。会場の空を覆ったその光の一大ページェントは、会場をカクテル光線で照らされたナイトゲーム用の野球場のように明るくしていた。

惚けたようにその光の動きを見上げていたフォードは日下部の声で我に返った。

日下部はその光の固まりが発する轟音をついて叫んでいた。

「橘が危ない」

彼は叫ぶと同時にステージに向かって駆け出していた。麗子がそのすぐ後に続いた。

「くそったれめ」

フォードは呟くと、椅子を蹴倒しながら通路へ出て日下部の後を追った。

日下部はステージの下から大声で橘の名を呼んだ。

橘は日下部たち三人に怒鳴り返した。

「来るな」

目が緑色に燃えたち、柔らかく長い髪がライオンのたてがみのように逆立ち始めている。日下部たち三人はその場に釘付けになった。

「来るな。俺から離れていろ。ここは俺のステージだ」

そう叫ぶなり橘は、ピアノに向かって駆け出した。

ピアノに向かうなり、彼は十本の指を鍵盤に何度も振り下ろした。ＰＡ装置が働いていないため、どんなに強くキーを叩いても、無音と同じだった。光の円盤の轟音が、鐘の音と埃が舞い落ちる音くらいの違いで勝っている。

橘はまったく無駄に見える努力を続けていた。彼の目には狂気に似た光があった。その姿を見ているのは日下部、麗子、フォードの三人だけだった。誰もが、空を覆っている正体不明の巨大な光に脳髄を溶かされでもしたかのように見入っている。

橘は念仏のように同じ言葉を繰り返し呟きながら、キーを叩き続けた。

「海神のエネルギーを……。アレイの力を……」

憑かれたように同じ行動を繰り返す橘の全身から汗がしたたり始めた。乱れた髪が汗で頬に貼り付いた。

橘は歯を食いしばって、目を閉じた。

会場のなかで新たなどよめきが起こった。

日下部、麗子、そしてフォードは空を見上げた。そのそれぞれの目が大きく見開かれた。

会場を包むように組まれた四本の鉄柱が、赤く鈍い光を放ち始めたのだ。

橘はピアノに向かったまま、首をのけぞらして、あえぐように大きな口を開けていた。

四本の鉄柱は明るさを増してゆき、オレンジ色から白光へと変化していった。

「ばかな……」

工事の交渉から設計まですべて立ち会っていたフォードは、その四本の柱が何の変哲もない鉄パイプでできていることを知っていた。

四本の鉄の柱が光を発し始めた時点で、光の円形の固まりは降下を停止していた。

四本の柱と柱の間に、そのまぶしい白光が伸び始め、やがてそれは光の壁を作った。

会場は光のピラミッドですっぽりと包まれた。

40

にわかに出来上がった光の天井を茫然と見上げていた武田巌男は、突然何かに駆り立てられているように感じた。二、三度あたりを見回して、彼はステージモニターから橘のヒステリックなピアノの叫びが聞こえているのに気付いた。

ＰＡが生き返ったのだ。

息を吹き返したのはＰＡ装置だけではなかった。会場中のすべての照明が、そして連絡用のトランシーバーやインターカムが一斉に働き始めた。

武田は自分を見つめている橘に気付いた。彼はスティックを構え直すと、橘に頷いて見せた。

橘は一瞬ブレイクした。

すかさず武田のスネアドラムのロール打ちが入る。次の瞬間に二人は、猛然とフリーフォームに突入していった。

橘のエンジンは充分に温まっており、回転数を上げられることだけを待ち望んでいた。武田はそこにガソリンと空気の混合気を一気に吹き込んだ。橘の十本の指は八十八の鍵盤の上をフルに駆け回り、アクセントの箇所では、容赦なく拳が叩き込まれた。

武田の右のスティックはスネアからタムタムへと目まぐるしく移動し、左のスティックはスネアから二つのシンバルの間を飛び交った。彼の右足はバスドラムのペダルの上で踊っていた。

二人は絶頂に向けてインターバルなしに高揚していった。

PA装置を通し、その熱い音の固まりが会場中に吐き出された。大口径のスピーカーが揺れ、客席はあっという間に音に呑み込まれた。

空を見上げていた客たちも徐々にステージに目を戻し始めた。

光のピラミッドは空に静止している光の固まりを牽制していた。そしてこのピラミッドがすべての電気系統の正常な働きを回復させたのだ。

「東洋の神秘どころの騒ぎじゃないな」

フォードはステージの上をあきれたような顔で見上げて呟いた。

橘は空を見上げながらピアノと格闘していた。

「さあ、やってみろ」橘は荒い息のあい間に口に出して言った。勿論、その言葉は誰にも聞こえるはずはなかった。「おまえたちがキングストンと交した約束通りに、この俺を八万人の観衆の前で殺してみろ」

超自然の光景でショック状態にあった八万の聴衆は橘たちの演奏のおかげで、しだいしだいに我を取り戻していった。

聴衆は前列のほうから、その嵐のような演奏に呑まれていった。ショックの後の異常な興奮が会場にゆっくりと広がっていくのがはっきり判った。会場のあちらこちらからひかえ目な喚声や指笛が上がり始め、ついには、会場中のどす黒い叫び声と化していった。

その喚声の轟き(とどろ)に反応して、ピラミッドの明るさがわずかに増した。すると、空を覆っていた光の丸い集合体は頼りなげにふらふらと揺れ始めた。円盤はコントロールに支障をきたし始めたのだ。

突然、光の集合体から小さな球が分離し、尾を曳(ひ)きながら一直線に橘目がけて飛び出した。

「危ない！」

麗子がそう叫んだとき、その光の球は光のピラミッドにぶつかり、その光の壁に吸収された。

橘の顔に笑いが浮かんだ。修羅(しゅら)を思わせるおそろしさと、海神の誇りを感じさせる笑いだった。

ピラミッドの光は橘と武田の演奏に反応して明るさのクライマックスを迎えようとしていた。橘のピアノは高音の音の固まりを何度も吐き出し、それにぴったりと武田のフロアタムとバスドラム、トップシンバルの炸裂(さくれつ)音がかぶさっていた。

演奏は頂点に達した。

再び、円盤から二つの光の球が飛び出して橘を襲おうとした。その二つの光の球も光のピラミッドに吸収されてしまった。

円盤からの攻撃は完全に無力だった。

今度は同じような光の球がピラミッドの頂上から、コントロールを失いかけてふらふらしている空の光の集合体に向けて発せられた。その光の球が円盤に命中し、クリスタルのグラスが床でくだけ散るように、光の粒子を、夜空に小さくばらまいた。続いて二弾三弾とピラミッドの頂点から光の球が空目がけて打ち放たれた。そのたびに夜空を明るく染める花火のように、円盤から光が飛び散った。

ふらふらと心もとなげに揺れながら巨大な光の集合体はゆっくりと上昇を開始した。それを追うように、ピラミッドから光の弾丸が容赦なく浴びせられている。

青白いまばゆい光は、ゆっくりと雲のなかに姿を隠していった。やがて、雲のなかの太陽のようにおぼろげな光になると、急にスピードを上げ、会場上空を一度旋回し、バミューダ海域方面へ姿を消した。

橘は満足しきった笑顔を見せ、武田に頷いた。エンディングの合図だ。

武田のスティックがスネア、タムタム、フロアタムと流れてから、タムタムの三連打を叩き出した。

一瞬のブレイクの後、橘は全体重をかけて十本の指で鍵盤を叩いた。同時に武田は左手のスティックでハイハットを一打し、そのままハイハットのペダルを左足で踏み付けた。

そのハイハットの切れのいい音で演奏は終了した。

光のピラミッドは明るさが失せていき、やがてもとのとおりただの鉄パイプに戻っていった。

火山の噴火を思わせる勢いで客席が沸き立った。人々は空中に帽子を放り上げ、肩車をし、喚声を上げ、指笛を鳴らした。

「UFOにピアノで太刀打ちしやがった」

フォードはあきれたように橘を見つめながら呟いた。

「何とかしなくていいのか」

日下部がフォードの肩を突ついて言った。

「客たちはショックと興奮から醒めるや否や今の出来事について真相を知ろうとし始めるぞ」

フォードは約十秒だけ考え込むと、ステージ脇に向かって走り出した。麗子と日下部は顔を見合わせてフォードの後に続いた。

ステージ脇では主催者側の役員たちがひきつった顔を並べ、大げさなジェスチャーをまじえて議論していた。

そのなかにサイモン・リンクの顔を見つけると、フォードは議論に終止符を打つべくきっぱりとした口調で告げた。

「客たちに、今の出来事の説明をしなければならない。この先無事にコンサートを進めたいと思うのならな。さあ、ステージに立って、『私たちが用意した特別のアトラクションはいかがでしたか』と客席に向かって言うのは誰の役だ」

「アトラクション……」サイモン・リンクは眼鏡の奥の目をしばたたいて放心したように言った。「あれがアトラクションだって？　あんな真似はスピルバーグにだってできやしない」

フォードは苛立たしげに言った。

「だが、あれはあんたたちがフェスティバルを盛り上げるために用意したアトラクションだ」

「いったいいつからそういうことになったんだ」

「たった今だ」

サイモン・リンクはようやく自分の役割を悟ることができた。

彼は二曲目の短い演奏を終えてステージから去る橘たちとすれ違うように、ステージ中央へふらふらした足取りで向かった。

41

フェスティバルの翌日、アメリカ中の新聞は「今世紀最大のステージ演出」という見出しで、橘と武田の演奏と、そのときの出来事を報じた。記事のなかで、サイモン・リンクは、ホログラフィーなどのレーザー装置を始めとするK・M・Cの電子技術を誇らしげに語る形で、世間の疑問に対応していた。

帰り仕度をセント・ジェイ・ホテルの部屋で始めていた橘に、フォードと日下部がおびえるような目を向けていた。新聞を投げ出すとフォードは決心したように唇をなめてから橘に声を掛けた。

「説明してくれるかね」

橘は手を休めようとしなかった。フォードは日下部の顔をちらりと窺ってから、さらに言った。

「もっとも説明を聞いたところで、とうてい理解できそうにないが……」

「簡単なことさ」橘は言った。「キングストンは俺をフェスティバルへ何の疑いも抱かせずに招くのが目的だった。その後のことはすべてウォニ人がやる手はずだったんだ。俺はアレイ人の持つ力を総動員して戦わねばならなかった」

「君は……その……」フォードは言いづらそうに言った。「いったいあそこで何をやったんだね」

「地上に散在しているアレイ人のエネルギーを一箇所に集めたのさ。ピラミッド型の鉄パイプはその増幅装置の役目を果たしただけだ」

「アレイ人のエネルギー……」

「そうとしか俺には言えない。世の中には様々な形でエネルギーが存在している。熱、光、運動、位置……。俺は物理学者じゃないから詳しいことは知らない。でも、まだまだ人間たちが解明していない形でエネルギーが存在していること、これだけは確かだ。アレイ人のエネルギーも、いつの日か科学者の手で解明されることだろう。キングストンたちが未知のエネルギーを使った円盤を作っていたことを見てもそれは明らかだ。違うかい」

「それも今となってはどうしようもない……。君がピアノに向かい続けていたのはなぜだ」

「そいつも答えは簡単。俺にとって精神集中と、精神の高揚にはピアノ演奏が一番だということを、俺は知っていた。武田さんのバックアップがあったから鬼に金棒さ」

「なるほど……」

釈然としない顔のままフォードは頷いた。彼はこの話を切り上げることにした。これ以上何を聞いても、彼の常識では理解できそうになかったからだ。

彼は、橘のトランクが置かれているベッドに一つの小さな封筒を投げ出した。

「帰りは正規のルートで出国してもらわなければならない。アフターサービスはそいつをもってすべて終了だ」

橘はそのヴィザ付きのパスポートを手に取ってしげしげと眺め、そのままポケットにねじ込んだ。

やがて、彼はトランクを持って立ち上がった。

「俺はスタッフと一緒に帰る」

「ご自由に」

フォードは肩をすくめた。

「何年も付き合ったような気がするな」

日下部が重たい口を開いて言った。

橘は何も言わなかった。

「戦友というものはそういうものさ」

フォードは軽い口調でそう言った。

トランクを持ったまま、橘はわずかに躊躇（ちゅうちょ）するように目を伏せ、そしてその目をフォードにまっすぐに向けた。

「フェスティバルの記事の脇に出ている小さな記事を見たかい」

「政府がUFOに関する文書の機密を大幅に解除したという話かい。一九七九年のCAUS(コウズ)による記者会見以来の大盤振舞(おおばんぶるまい)だそうだ。全く関連のない記事として、汎(はん)地球規模での環境保全と平和を呼びかける大統領のコメントも載っている」

「セクションNは事実上解体したと見ていいだろう。あとは本当に地球を滅ぼさないためにあんたたちがどれくらい努力するかだ。今回の戦いを無駄なものにするようなことがあったら、今度はあんたたちを敵に回して俺は戦わなければならない」

フォードは目をつむり、片手を上げて言った。

「できる限りのことはするだろうよ。あんたを敵に回しちゃ、合衆国政府も勝てないかもしれん」

橘はぞっとするような目でフォードを見つめていた。

その目をそらすと、彼はトランクを無造作にぶら下げ、日下部の前を通りすぎてドアを開けた。

ドアの外に麗子が立っていた。橘は一瞬立ち尽くし、麗子と見つめ合った。

橘がドアをすり抜けると、麗子は橘の脇を通って部屋に入ろうとした。

橘は何か言おうと口を開いた。

そのとき、麗子は部屋のなかに姿を消した。

ドアは無機質な音を立てて閉じられた。

しばらくドアに背を向けていた橘は、トランクを持ち直すと、しっかりと廊下を踏みしめるようにエレベーターに向かって歩き始めた。

彼はただ、ミュージシャンとしての凱旋を待つ人々の方向に向けてゆっくりと足を踏み出していた。

解説

関口苑生

日本のエンターテインメント小説界において、一九七〇年代後半から八〇年代初めの数年というのは、今から思えばの話だが、まるで奇跡のような時代であった。というのは、なぜかこの時期に集中して、もの凄い顔ぶれの作家たちがデビューしているのだ。ざっとあげてみても谷恒生、船戸与一、志水辰夫、逢坂剛、大沢在昌、北方謙三、佐々木譲……と、極論すれば現代日本における冒険・活劇小説の礎となる人材が、この時期に一斉に巣立っていったのである。そして我らが今野敏も、ご存知かとは思うが上智大学在学中の一九七八年に「怪物が街にやってくる」で第四回「問題小説」新人賞を受賞してデビュー、その四年後の一九八二年に、処女長篇『ジャズ水滸伝』(現在は『奏者水滸伝　阿羅漢集結』と改題)を発表する。

当時、この小説を読んだときの驚きは今でも忘れない。いや、驚きというのとはちょっと違う。とにかく、まず感じたのは、

「なんだ、これは？」

といった戸惑いだったのだ。四人の天才的ジャズメンが、何者かに導かれるように集まってセッションを組み、思うさま演奏する物語――。と、そんな風に書いてしまえば身も蓋もないが、これが音楽小説とも、超能力小説とも、空手小説ともつかない、そのすべてを含んだ話で、一直線に突き進む。にもかかわらず、全体が不思議な魅力と異様な熱気で満ちあふれていたのである。何よりびっくりしたのは、音が、音楽がページの間から圧倒的な迫力をもって飛び出してきたことだった。

音が聴こえてくる小説というのは、確かに存在する。ジャズを扱ったものでいえば、先駆的作品である石原慎太郎の「ファンキー・ジャンプ」や、五木寛之の「GIブルース」をはじめとする初期作品など、忘れがたい名作は数多い。しかしそれら過去の名作と較べても、今野敏の音楽描写は決してひけはとっていないと感じた。それはひとつに、現実という意味でのリアルさを追求していないせいでもある。正確さを期そうと、どんな音であるかの説明を加えたり、余分な解釈を与えたりしていないということだ。もとより小説は嘘を書いてナンボのものだろう。どれだけ突飛なことを書いても許される。要は、紙上での絶対的リアリティを醸し出せればいいのだった。今野敏という〝新人〟は、そのリアリティを感じさせるのが抜群に巧い作家であった。

ともあれ今野敏が描く音と音楽は、確実に読む者の耳に届いてきたし、同時に強い印象を残したのである。

しかしながら、驚きはそれだけでは済まなかった。一年後の一九八三年、待ち望んでいた第二長篇の『海神の戦士』を読んだ際の感想を正直に告白すると、

「なんだ、これは！」

であったろうか。ただしこの場合は、嬉しさをともなった心弾む驚きであった。一作目でこの作家の計り知れない可能性と力量は思い知らされていたはずなのに、加えて今度は桁外れのパワーを見せつけてくれたのだ。何と二作目はジャズとアクションとエスピオナージュ、さらにはＳＦ要素まで盛り込んだ超絶作品となっていたのである。後知恵ではあるけれど、実際に作者の本書にかける熱意と意気込みも並々ならぬものがあったようだ。大学を卒業後、三年半ほど勤めた大手レコード会社を辞め、本格的な作家活動に取り組む決意を固めたのちの第一弾が本書だったのである。言わば本気の勝負作であった。

作品のモチーフは、デビュー二作目の短篇「伝説は山を駆け降りた」を骨格にしたもので、脇役だが重要な役割をはたす人物に同短篇と「怪物が街にやってくる」にも登場した天才ドラマーを配するなど、初心に帰ってチャレンジする姿勢が、そこかしこに窺える一作でもあった。

主人公は二十八歳の売れっ子ジャズ・ピアニスト、橘章次郎。とはいえ、彼に求められるのはポップス・フィーリングにあふれた〝幻想的で知的〟な音宇宙で、スイングす

るジャズとはおよそかけ離れたものばかりだった。それゆえ鬱々として楽しまぬ日々を送っていた橘だったが、そんな彼に米国の大実業家が主催するジャズ・フェスティバルから、出演依頼の招待状が舞い込んでくる。と、ここから物語は一挙に急加速する。その夜、演奏を終えて帰途についていた彼は美女から酒の誘いを受ける。ところが、彼を待っていたのは屈強な男たちだった。女は、密命を帯びた内閣調査室のエージェントだったのだ。しかもその背後にはCIAが絡んでおり、KGBも動いている様子。その日を境にしてどうやら誰も彼もが、一斉に橘に関心を持ち始めたようなのだった。また橘自身も、拉致された先で大量に投与された自白剤の影響から、肉体と精神の両方に変化が生じていた。

想像力は新しい発見をもたらす能力であるという言葉がある。それは無から有を生み出すということではなく、すでにある情報を加工したり、それまで無関係であると思われていたものどうしを結びつける能力のことを言う。本書はまさにそうした意味での想像力が存分に発揮されている。

UFOによるアブダクション、UFO研究者を殺害する〝黒服〟たち（まさにメン・イン・ブラックだ）、遺伝子に組み込まれた太古の民族の記憶と血、神、地球温暖化、そしてジャズ。いくつものフラグメントが、今野敏の想像力によって複雑玄妙に結びつき、やがてひとつの物語が紡ぎあげられていく。その結果、アクション小説でありながら何ともロマンチックで、空想的で、なおかつ思索的な物語が誕生したのだった。詳しくは書けないが、橘がピアノひとつで人類の〝敵〟と立ち向かうクライマックスの場面は圧巻。かつてこんな形で音楽を扱った小説はどこにもない。先に本書はＳＦの要素も加味していると書いたが、いやこれは紛うかたなくＳＦと言っていいだろう。

それはたとえば、今野作品で言うと同じように宇宙と人類の歴史をオーパーツの存在から解き明かす『神々の遺品』や、海底遺跡の謎と超古代文明をテーマにした『海に消えた神々』との違いをみれば明らかだ。これはＳＦとミステリーの相違点でもあるのだが、ミステリーは不可解な犯罪を理解可能な人間の行為であるとする物語だ。けれどもそこに介在する因果関係は、最終的には現実にありうるものでなくてはならない。ところがＳＦの場合は、因果関係を構成する原理に非現実なものが入り込んでも一向に構わないのだった。その点では二十一世紀後半が舞台の『最後の封印』（『ミュウ・ハンター〈最後の封印〉』を改題）、『最後の戦慄』（『ガイア戦記』を改題）のシリーズも、ＳＦというよりは近未来活劇小説だろう。

つまり本書は、伝奇的な作品が多くみられる今野敏の仕事のなかでも、きわめて珍しい……というか、純然たるスペース・ロボット・オペラである《宇宙海兵隊》のシリーズを除けば、ほとんど唯一の現代ＳＦ長篇なのであった。ジャズを愛し、空手の練習に励み、ＳＦ小説を慈しんできた作者が、本気の勝負をかけて挑んだというに相応しい渾身の力作だ。それともうひとつ。本書の根底に流れているいくつかのテーマは、その後の作品にも確実に繋がっている。地球的規模の自然破壊や、環境破壊による人類の将来を憂える姿勢しかり。登場人物の姓の由来を遡り、氏素性を知ることもしかりだ。また有名野球選手の言葉ではないが、仲間を持っていることの大切さ、有り難さも今野作品では重要なテーマだ。本書の場合は、もしかするとそのことが最大のテーマであったかもしれない。ジャズを通しての仲間はもちろんだが、ここでは全世界に散らばる〝仲間〟の意識にまで話が及ぶのだ。

　作中で登場人物のひとりが、橘と接しているうちに「どんどん感情の外側にあった殻をはがされていくような気がする」と呟く場面があるが、こうした人物造形も今野敏の特徴で、言ってみれば本書は彼の原点に近い作品であるのかもしれない。

　ああ、それにしてもこれは何と壮大で、恰好のいい小説なんだろう。愉しく読みながらも、気がつくといつの間にかスッと背筋が伸びている。こういう小説を書ける作家は、おそらく今野敏ただひとりだ。だからこそついていこうと思うし、ついていって絶対に裏切られない作家なのである。

　最後に、くどいようだけれど、もう一言だけ。

　本書は本当に凄いぞ。

（二〇一一年、朝日文庫『獅子神の密命』刊行時の解説）

追記——朝日文庫新装版刊行にあたり

本書は、二〇一一年一月『獅子神の密命（バール）』の書名で朝日文庫に収録された作品を、初刊刊行時の書名『海神の戦士』（一九八三年、トクマ・ノベルズ）に戻し、再改題して刊行するものである。

とこう書いただけで、個人的に感慨深い気持ちになる。というのも、これまでわたしが幾度となく書いてきた今野作品の書評の中で、本作が初めて商業誌に載せてもらった作品だからだ。当時、本作に感じた思いは前記の解説に書いた通りだが、その熱い感情がほとばしるままに、是非ともこの小説の書評を書かせてくれと編集者に頼み込んだ覚えがある。それだけにまたひとしお愛おしくなってくるのだった。

あれから四十年以上の時が過ぎて、今回、この追記を書くにあたり十何年ぶりかに読み返したのだが、その思いにいささかの変わりがないことに自分でも驚くほどだった。とはいっても、さすがに技術的な問題や細部の描写についてなどは幾分かの変化は見られる。そのあたりの変わりよう——というか、今野敏の進化（もしくは深化）の具合について簡単にふれてみたい。

まず現在の今野作品と当時の作品とを単純に較べてみて、テクニカル的なことでの最大の違いはというと、視点の相違とそれに伴うブレの問題だろう。かつては三人称多視点だったものが、ある時期から三人称一視点で書くようになったのだ。

これはあるインタビューで今野敏自身が語っていることなのだが、作家としてデビューした当時は海外の翻訳小説に影響を受けていて、自分の好きな冒険小説や警察小説には多視点の小説が多く、それでいいんだと思っていたというのだ。すると自然とそういう書き方になっていたと。ところが、これがさっぱり売れない。で、ある時にこれはもしかすると日本語にはそぐわない、そしてまた日本人には合わないのかと思い、一視点で書いてみたところ——具体的には『隠蔽捜査』だったのだが、今度は受けた。読者が一挙に十倍に増えたというのだ。

はたして、売れた本当の原因がそこにあるのかどうかはわからない。しかし、現実にはそうなっていた。以後、彼はほぼすべての作品を三人称一視点で書くようになっていく。それと同時に、余計な説明や無駄な描写はできるだけ省いて、読者の想像にまかせることにも務めた。たとえば人物を描写する際に、その人物の風貌や着ているものなどの、キャラクターの見た目、身体的特徴を書かないようにしたのだった。

たとえば本書において、トーマス・キングストンを描写する場合に「深いブルー・グレイの瞳とロマンス・グレイと呼ばれるに恥じない白髪、そして、高く突き出た鷲鼻が印象的だ。明るいブルーの三揃（みつぞろ）いは最高のウールで、同系色の落ち着いたやや幅のせまいネクタイと純白のワイシャツ、さりげない銀のカフスが、上品な趣味を物語っていた」と実に詳しく描かれている。こうした描写を、現在では必要なこと――背が高いとか低いとか、驚いたとか苦い顔をしたとかなどの表情ぐらいは書くけれど、それ以外はほとんどやめているのだった。

彼は言う。読者は自分の一番理想的な風貌を当てはめて読んでいるんですよ。ものすごく綺麗な女性が出てきても、美人って書けばいいんです。あとは読者が一番好きな美人を当てはめてくれますから、と。それでわからせないと、作家としては駄目だろうし、これが最も効果的な方法なんだとも。

またアクション場面などにしても、これは彼の得意とするものだけに、たっぷりと書けば書けそうなものだが、近年の武道家小説シリーズを読んでいると、そうした場面の描写は驚くほど少ないのだった。こちらも本書ではＫＧＢの工作員を相手に派手な格闘場面を繰り広げていて、わたしは個人的には好みなんだが、あまり書き過ぎると、つまりは説明的に過ぎると物語としてのダイナミズムが損なわれてしまうというのだ。書かずに理解させる。これが読書の極意なのかもしれない。

ともあれ、こんな具合に今野敏は少しずつ、ひそかに研鑽を積み、努力し、今野ワールドを構築していったのだった。一九九〇年代半ば頃からは、好きだった警察小説に重心を移し、いくつものシリーズ作を生み出していく。二〇〇六年には『隠蔽捜査』で吉川英治文学新人賞を、二〇〇八年には『果断　隠蔽捜査2』で山本周五郎賞と日本推理作家協会賞をダブルで受賞するなど、その活躍ぶりは誰もが注目することになる。そして二〇二三年には日本ミステリー文学大賞を受賞。日本のミステリー作家として超一級の存在感を内外に知らしめしていく。

この時の〈受賞の言葉〉で彼は、「今では、日本のミステリーの世界でも警察小説がしっかりと市民権を得たように思います。私が警察小説を書きはじめたときと比べると、隔世の感があります。今回は、私がというより、日本の警察小説が賞をいただいたのだと思っています」と述べたものだった。

わたしにはそうした彼の原点が、本書の中に隠されているような気がするのだが、さていかがだろう。

（せきぐち　えんせい／文芸評論家）

海神(かいじん)の戦士(せんし)　朝日文庫

2024年5月30日　第1刷発行

著　者　今野(こんの)　敏(びん)

発行者　宇都宮健太朗
発行所　朝日新聞出版
〒104-8011　東京都中央区築地5-3-2
電話　03-5541-8832(編集)
　　　03-5540-7793(販売)
印刷製本　大日本印刷株式会社

Published in Japan by Asahi Shimbun Publications Inc.
定価はカバーに表示してあります

ISBN978-4-02-265148-8

今野 敏
TOKAGE(トカゲ)
特殊遊撃捜査隊

大手銀行の行員が誘拐され、身代金一〇億円が要求された。警視庁捜査一課の覆面バイク部隊「トカゲ」が事件に挑む。《解説・香山二三郎》

今野 敏
連写
TOKAGE(トカゲ) 特殊遊撃捜査隊

バイクを利用した強盗が連続発生。警視庁の覆面捜査チーム「トカゲ」が出動するが、なぜか犯人の糸口が見つからない……。《解説・細谷正充》

今野 敏
天網
TOKAGE(トカゲ)2 特殊遊撃捜査隊

首都圏の高速バスが次々と強奪される前代未聞の事態が発生。警視庁の特殊捜査部隊が再び招集され、深夜の追跡が始まる。シリーズ第二弾。

今野 敏
精鋭

新人警察官の柿田亮は、特殊急襲部隊「SAT」の隊員を目指す！ 優れた警察小説であり、青春小説・成長物語でもある著者の新境地。

今野 敏
キンモクセイ

キャリア官僚の連続不審死。公安組織〝ゼロ〟の暗躍。組織内部の誰が味方で敵なのか？ 圧巻の警察インテリジェンス小説。《解説・関口苑生》

今野 敏
降臨
聖拳伝説1

日本支配をめぐる闇の権力闘争に、古代インドを源流とする超絶の秘拳が挑む！ 真・格闘技冒険活劇の名作が新装版として復活。

今野　敏
襲来
聖拳伝説2

姿なきテロリストの脅威に高まる社会不安。テロの背後に蠢く邪悪な拳法の使い手とは？　究極のパニックサスペンス！　シリーズ新装版第二弾。

今野　敏
激突
聖拳伝説3

邪悪な拳の使い手・松田速人が首相誘拐を宣言。荒服部の王・片瀬直人の聖拳と、邪拳との最終決戦の時が迫る！　シリーズ新装版完結編。

村上　貴史編
葛藤する刑事たち
警察小説アンソロジー

黎明／発展／覚醒の三部構成で、松本清張、藤原審爾、結城昌治、大沢在昌、逢坂剛、今野敏、横山秀夫、月村了衛、誉田哲也計九人の傑作を収録。

朝井　まかて
グッドバイ
《親鸞賞受賞作》

長崎を舞台に、激動の幕末から明治へと駈け抜けた伝説の女商人・大浦慶の生涯を円熟の名手が描く、傑作歴史小説。《解説・斎藤美奈子》

朝井　リョウ
スター

〝国民的〟スターなき時代に、あなたの心を動かすのは誰だ？　誰もが発信者となった現代の光と歪みを問う新世代の物語。《解説・南沢奈央》

伊坂　幸太郎
ガソリン生活

望月兄弟の前に現れた女優と強面の芸能記者⁉　次々に謎が降りかかる、仲良し一家の冒険譚！　愛すべき長編ミステリー。《解説・津村記久子》

朝日文庫

今村 夏子
むらさきのスカートの女
《芥川賞受賞作》

近所に住む女性が気になって仕方のない〈わたし〉は、彼女が自分と同じ職場で働きだすように誘導し……。《解説・ルーシー・ノース》

宇佐美 まこと
夜の声を聴く

引きこもりの隆太が誘われたのは、一一年前の一家殺人事件に端を発する悲哀渦巻く世界だった！ 平穏な日常が揺らぐ衝撃の書き下ろしミステリー。

木下 昌輝
まむし三代記
《中山義秀文学賞・日本歴史時代作家協会賞作品賞受賞》

斎藤道三の凶器〝国滅ぼし〟とは？ 三代目義龍が下した驚愕の決断とは⁉ 戦国史を根底から覆す瞠目の長篇時代小説。《解説・高橋敏夫》

月村 了衛
奈落で踊れ

接待汚職スキャンダルで揺れる大蔵省。この危機に省内一の変人課長補佐・香良洲が立ち向かう。官僚ピカレスク小説の傑作。《解説・池上冬樹》

辻村 深月
傲慢と善良

婚約者・坂庭真実が忽然と姿を消した。その居場所を探すため、西澤架は、彼女の「過去」と向き合うことになる——。《解説・朝井リョウ》

中村 文則
カード師

占いを信じていない占い師で、違法賭博のディーラーでもある〈僕〉は、ある組織の依頼で正体を隠し、奇妙な資産家の顧問占い師となるのだが——。